滄海叢刊

大地之歌

大地詩社編著

1976

東大圖書公司印行

行政院新聞局登記證局版臺業字第〇一九七號

中華民國六十五年三月初版

大地之歌

基本定價肆元壹角壹分

編著者 大地詩社
發行人 莊剛彰
出版者 東大圖書有限公司
總經銷 三民書局股份有限公司
印刷所 東大圖書有限公司
臺北市重慶南路一段六十一號二樓
郵政劃撥一〇七一七五號

序

民國六十年前後，臺灣的新詩壇面臨了危機，嚴重存在著不景氣的諸般現象——詩刊大半停刊，報章雜誌拒載詩稿，詩人多數封筆，加以詩社之間、詩人之間相輕互難的芥蒂——諸如此類問題，對於關心詩運者而言，實宜痛加檢討，廓清拉朽，以求振衰起頹，重見生機。我們中華民族一向以詩的民族自豪，詩運的承續，詩統的繼絕，乃我族每一個詩人應勇於自任的，尤其際此詩道淪喪之季，有識之士豈忍坐視詩學的更形惡化，詩文化因之中絕？因此，基於共同的愛好、共同的志向、共同的理想，我們挺身而出結集在「大地」之上。我們認爲，要使文學在整體文化中佔著重要的地位，關懷家國，帶動社會，就必需鼓盪一股熱潮，醞釀一種運動。這必需藉助於文學活動，在遠大的理想之下發揮強大的影響力。「大地詩社」非遊閒式的詩社，非即興派的沙龍，而是基於此一原則而創立。四年以來，歷經艱吝，但大地同人一秉初衷，勤於創作，勇於批評，將根堅堅實實地深紮於大地之中，以期茁壯、開花、結果。「大地之歌」是第一次結集，象徵大地的成果，是信念的結晶，是理想的踐履。

無可諱言，任何一本選集均代表一種批評的觀點，尤其隸屬於同一詩社，貫串於選集之中的，一定存在著相近似的詩觀——並非全同，但至少具有同一大趨向。「大地之歌」的編選，乃基於此一意義：大地同人的詩觀，早在創刊號的發刊辭裏，已梗概地道出，而今經歷四年，發刊十五期，我們覺得我們的觀念更明晰、更有力，因此深覺有將這一理念闡揚開來之必要。不但藉此作爲同人互策互勵的目標；同時，也爲當前剝極將復的詩運，廓除屯蒙，早見陽剛之象。

大地詩社詩觀之形成，就消極而言，乃對當前詩壇的一種反動，一種修正，今後仍將對前此二十年的弊端，續加考察，議論功過。就在積極而言，乃是建立一嶄新的創作方針，承續文學的命脈，要寫就寫中國人的詩，要談就談中國人的詩論。

從政府遷臺以來，臺灣的現代詩邁向一個新的開拓時期。五四以降，三十多的開創、拓植，對新生一代的新詩愛好者而言，可說是斬絕了的活源。除了少數詩人，大部份詩人多無機會親炙三十年代詩壇大師，不能自這日漸成長的新詩傳統中汲取營養，這是先天的失調。在過渡階段中，因社會結構，文化成分等的急劇變化，詩人栖栖皇皇，篳路籃褸，重新建立新的美學觀念，創作新的作品風格。在充滿實驗動力的風氣中，斬絕傳統，乞靈西洋，或昌言横的移植，或競趨舶來的學說，詩壇就在起伏不定的形勢中，幾經變革，風潮叠起。這段漫長的過渡時期，功過參半，利弊互見，我們試作考察，從其美學觀念，到實際創作，釐辨是非，取此證彼，則其得失不言可喻。

就大體而言，二十餘年、新詩的理論系統是貧乏而零碎的。五四以後二三十年，名家輩出，其理論也已相當嚴謹；而遷臺詩人，則較少有理論上之建樹。實則傳統的中國詩論乃基於整體的文化層面而來，中國人的思惟方式是直覺的、跳躍的。新詩人遠離傳統，自無法從中擷取精華。因之，不得不借助於西洋，唱出漂亮的横的移植！就接受西洋文化而言，片面的接受雖引進了些許新觀念，但挾雜於這些觀念的，却是許多怪異、偏差的觀念：如所謂的存在主義、荒謬哲學，對於宗教的過度敏感，對性、死亡等潛意識的處理，都可說過份洋化；他們的意識形態是西洋的，而非中國的。詩人零星獵取的美學觀念，或曰爲藝術而藝術，或曰唯美，或曰純粹，這種觀念傳統的中國詩人是從未如此偏好過。基於如此囫圇吞來的哲學、美學，使得詩人的詩，被誤導向所謂的「世界性」，其選擇的題材，非性卽死，非鹹卽溼，非虛無則荒謬。清明的詩人少了，多數往深處往內鑽，這類偏極的觀念彌漫詩壇，流行一時，雖有清醒之士，但終難挽狂瀾，這就是爲什麼讀者會望望然而去之的要素之一。

在表現技巧上，詩人充分馳騁一己的「創作癖性」，所謂創作癖性，就是說許多自許爲獨創的作家，強調風格之建立，因此在遣辭用字上大下功夫，近乎機械造作，而了無情趣。二十餘年來，新詩園地變成「密碼世界」。詩人表現個人的獨特經驗時，使用自家的語言符號，用語曖昧，意象晦澀。他們洋洋得意於「語不驚人死不休」，把語言捶打、扭曲，如此這般，匠意十足。於是某一詩人形成某一密碼，某一圈子形成一封閉世界。最後，讀者視詩人爲密碼專家，視詩集爲密碼秘本，除却少數研究密碼專家，驚訝其中的張力、密度，大部份讀者却不願接受。這種製造密碼，就作者而言，容易形成隱身符，卽使無深邃的思想、無偉大的主題，也可藉它自神其詩。這種機械製造，表面上好像活用中國文字，其實是對於中國字的百般褻瀆、肆意淩虐。

大地詩社的創立，旣是目睹當前詩壇的怪象狀，因而提出調整與修正，發刊辭中曾揭櫫：「我們希望能推波助瀾漸漸形成一股運動，以期二十年來在橫的移植中生長起來的現代詩，在重新正視中國傳統文化以及現實生活中獲得必要的滋潤和再生。」其中揭示的回歸傳統文化與關懷現實的兩大課題，一直爲同人所堅持。近四年以來，臺灣新詩界感於時局的劇變與家國的處境，連續發生許多重大的檢討與呼籲，這些從新詩圈子裏到圈子外的嚴肅問題，與大地詩社成立之初的觀念，互相呼應，互爲激盪。這一股澎湃的風潮，在年輕詩社間引發更強而有力的推動力。我們在不斷衝激中，屢加檢討，迭次修正，更深信自己的信念。我們自問，我們這一時代所需要的詩是什麼樣的？我們這一地域之所需？我們這一民族之所需？我們這一人類之所需？怎樣的詩，才是中國的？才是代表這一時空狀態下的中國的？我們要求詩的大地，是中華民族億萬祖先所生存的大地，在此一曾豐饒過的大地之上，祖先的血液滾滾流過，祖先的歌聲歌過哭過，因此在不斷成長的詩人與詩作中，也應堅持這一偉大傳統。

我們是詩的民族，原具優良的血統與種性，傳統文化中所蘊育的優點，自應愼取精擇，揚棄其劣弱的一面。而不必爲遠來的所謂「世界性」文學運動所侵略，我們旣不容許文化買辦的醉心洋化，更應堅決選擇挾物質文明以俱來的歐美文明，因此我們要大聲呼籲，回歸到傳統文化中，作「縱的繼承」以取代「橫的移植」。中國詩的傳統，其頭在于詩經、在于楚辭。詩經和楚辭二者的巧妙配合，可使新詩獲得新生、成熟。詩三百篇，對現實的反映、批判，可代表中國人寫實主義的精神，生民多艱，關懷世俗，所歌所泣，盡爲心聲，因此可爲行人採詩人觀民俗。而楚辭裏，屈子行吟澤畔，憂國憂民，徬徨上下，懷念舊鄉，因此被視爲愛國詩人的典型。有什麼樣的時代就有什麼樣的心聲，所謂「聲音之道與政通」，可惜這種時代精神却爲新詩人所忽視。詩史上眞能稱爲「大家」的，都能善繼這偉大的傳統，杜甫在三吏、三別的時代中，絕不會泛詠早壞，故謂閒愁。關懷時世變遷，以筆爲劍，批判現實人生這是我們新詩人應有的傳統，而不是駝鳥主義，逃避心態，利用文字築成象牙塔，關閉自己。我們呼籲開放，向現世去挖掘、去批判。

從歷史中我們要從向繼承——關懷現實的精神意識。從現世中我們要求橫面剖視，我們呼籲早早揚棄「世界性」的枷鎖。橫的移植來的歐戰後的徬徨、悲痛，宗教失落後的淒厲、蒼白……都不是我們所有：我們生存的時代、地域，是二十餘年的寶島土地，這片大地滋育我們、養活我們，它所發生的問題就在你我身旁不斷出現，因此我們要求詩人介入，付出更深更廣的關切。唐代的盛衰，唐詩是一面鏡子——加以反映出來。如果我們的新詩，而不能代表現代的中國，那麼我們沒有理由在這時空之下，迷戀異國屍骸，而捨棄與自己切身有關的問題而不談。對於傳統與現代的交替、對於都市與農村的更迭，對於國際與本國的均衡……這些事情時刻改變，不斷發生，我們要求詩人挺身而出。但是光喊「關懷現實」並不爲是，我們要求以思想作領導，反映它們、批判它們，因此新詩需要的是思想性，對於社會大衆，除了關懷，更要加以提昇、引導。對於現實社會批判地顯示，是消極的詩人之劍所作的。利劍所及，對於物質文明所帶來的縱慾、腐敗，更需引起帶頭作用，現代的經濟結構、使中國人養成許多現階段所不該有的心態——崇拜物質、醉心洋化、喪失民族自信，而對於現實社會普通地存在地冷感、恐懼、逃避……只有詩人熱情地「介入」，才能繼承那偉大的傳統意識。

這時代較諸唐代劇變百倍，艱困百倍，我們相信，沒有理由不會出現一個杜甫（這是很低調的要求），用現代的題材，用現階段中華民族的遭遇，更強而有力，寫出雄偉、悲壯的詩篇，這才是我們所要積極完成的現代的中國詩。至於傳統歷史中，宮庭文學的唯情惟美色調，清客遊閒、病態書生的遊戲論調，乃至於逃世文學的案頭山水……諸如此類，太平盛世需要它作裝點、粉飾，却不爲今日之中國所應借屍還魂，因這些鬼魅幽魂常常結合於遊戲謬調、純粹歪趣，橫行於二十餘年的詩論之中。什麼時代，什麼作品，什麼理論，絕不是空口搬弄死理論所得欺誑的，因陳義過虛過高的理論，不適於此一多難民族所應具的詩人的心態。

抒情傳統曾是傳統詩中的主流，大半的詩論都圍繞這一特色而闡述，因此「敍事傳統」遂隱而不彰，但試觀凡是反映現實、批判現實特性的作品，多非具敍事成份不可。因此我們亟宜趁此解除桎梏束縛之際，發揚這一傳統，使中國詩局面加大，堂廡加深，不但可抒情、可寫境，更可敍事，可說理……有些詩論家爲著強調唐詩的特性，因而極力顯揚其純粹的一面；但絕律的短小精粹固有優點，却也局限了詩經，楚辭中更寬廣、更動人的視野，因此我們除了更形發揚「抒情傳統」，而今後更應努力開拓此一「敍事傳統」。只有如此，才能配合前面所提的批判精神。在以農業社會爲結構的社會體制中，山川景象，易爲傳統詩人所抒寫（事實上，這些文人只是較少實際在大地耕作，故易把景物誤作抒情的對象），抒情傳統遂爲主流，現在由農而工商，其心態轉趨複雜，由太平而變亂，其精神更形悲壯，如不把握敍事傳統，如何悲歌當泣，如何作爲這一時代、地域的見證。

以上是就詩人所應取法傳統的創作心態與開拓途徑。至於在實際創作技巧中，我們也要求發揮其傳統的特性，調整改正。我族的語言文字是世界上最具特色的，在字形、字音、字義的組合中，形成中國詩的特有面目：文字造型的本身，就具有形象之美，構成外表形式時，也易形成對稱，整齊的效果；而就字音言，一字一音，或組合二字所成的叠字、聯綿字，其平仄關係所組織成的衡調與非衡調，巧妙配合的節奏感，造成傳統詩的格律美；至於字義，聯合字形、字音，中國字的意義性，往往富於具象，易形成簡潔凝練的作用，其成就以短詩爲大，重在文字本身的直接呈現，而少演繹、解說，其用字簡約至於辭句不足，有賴讀者運用聯想去彌補文字上的線索，此如東坡所云「筆略到而意已具足」（宋祖謙、與胡元青書），中國字的優點在此。二十年來，詩人模擬西洋的具象詩，大量運用中國字的外型效果，但可惜走入歧途，只重形式，了無詩意。我們要運用其長處，可融鑄舊語，創造新詞，但應避免過度的扭曲、壓擠，無需保持其示意之清明，澄澈。至於整個詩文化帶給我們，其中繁複的技巧、用典、對仗、疊字……如何在新詩中，妥加援引、融爲我有，更是取法傳統的一大課題。我們不必生吞下去，以求驚世求奇，這當然需要對語言有極大的駕御能力。不過，我們要指出，任何一時代，口語都是最有力的工具，「我手寫我口」因口語淺白，可表現許多一般性的題材，其感染性也最大，尤其民間的口語最爲活潑、傳神，是自然從陳語老樹中長出的新枝綠葉。但我們利用時，需力求其練達、精粹，適度的明朗、潑澈，並不是淡白如水，一無韻味，這工夫平易而實難。適度的「隱秀」，從平淡之中表現最平盈的涵意，精確的使用新的語言，表達現代人的感覺。就詩的知覺性而言，新詩較能注意及此，透過視覺，刺激詩想。新詩的晦澀，也就因極端著重知覺性而起，因此能開放些，容許詩的音樂性，讓語言的自然韻律如行雲流水，自然流轉，是件好事。這當然需配合整篇詩的形式，妥加調整、配合，使詩在聽覺中達到格律詩所有的音樂美，而又不受格律的限制。凡新詩如何運用字質的優點皆爲我們所關切——發揮意象的示象作用、文字適度的稠密、節奏的前後貫串……。另外我們要指出，新詩需具有較爲適度的條理、秩序，其開展要有適當的邏輯結構，新詩最忽略此點，形同夢囈，或潛意識的流露…多是極端自由下的暴亂，是精神患者的病態紀錄。沒有經過條理化、秩序化；如何可稱之爲詩。新詩中了西洋理論的毒素，以此爲最。我們要求適度的邏輯結構，其發展程序可經由追索得知。一首詩是篇完整的組織，傳統詩如此，尤其在一定格律下，言盡而止，但仍韻味無窮，但新詩旣無尚可遵循的格式，如果沒有一定的程序，肌理鬆弛、結構不完，則新詩的晦澀將更形嚴重，我們有形式的自由：宜發揮其特點，每一首詩都有一新的形式，都是一完整的有機體，意象具足，前後貫串，如此才可稱爲藝術品。

在此一大前題之下，大地同人不懼其陳義過高，只有遠大的理想，才能誘發邁進的意志，這是一共同的原則。但在此原則之下，大地同人擁有個人的自由，去發展一己獨特的風格，文賦云：「體有萬殊，物無一量。」同一詩社之中，因個性、時地的不同，每一個人的風格又是不同的。務期同人都能達到最高的理想標準——文心所謂「離方遯員，窮形盡相」。綜觀「大地之歌」中的作品，在精神意識與創作態度上，我們均能一本縱的繼承傳統與橫的剖視現實的原則，反映現實社會的森羅萬象，重而加以批判、思考，追求其意義性。這些作品顯示同人從極爲寬廣的角度去觀察，從不同的層次去挖掘。不管是寫臺灣本土的，或身在異域（如翺翺）均能貫澈這一批判現實人生的心態，從城市到鄉村、從傳統到現代，均與時代命脈密密維繫，這種精神的把握，與題材的處理，較諸以往往裏鑽的手法更難，所謂「畫鬼易、畫人難」。個人獨特經驗或可曰一人獨有，而這些時代感，乃是此一大時代所有，我們要求感受更廣，挖掘更深，這是困難之所在，但難之所在，堅決以赴。「大地之歌」只不過是初次的成果，我們還要堅持這健康而充滿憂國憂土的精神去創作、再創作。至於在表現技巧上，我們擺脫二十餘年的夢囈鬼魅，力求其明朗而精練。其中的變化，端賴同人對於語言的醒覺，大家都能一貫把握意象的鮮明、用字的準確、聲韻的自然等，廣泛使用百般技巧，以增加詩的綜合效果。無論如何，字質的講究，結構的完整，使大地之歌中每一篇作品，都朝著肌理圓熟之境邁進。

「大地之歌」中，固然表現同人具有共同的理想與努力，但每一個人也都努力發展自己的作風，於同中求異，於不變中求變，這些都在選集中表現出來，其風格之異趣，其作品之價值，就交給讀者去作判斷。

詩選是文學批評諸種形式中之一，它是一面鏡子，在唐人自選詩集中，由芮挺國秀集、而殷璠河嶽英靈集而六結醫中集、而高仲武中興間氣集，這一系列選集反映唐代前期文學趣味的轉變，有較著重現實生活，而輕視純藝術形態論詩的傾向。等到姚合極玄集、富莊又玄集、韋穀才調集一出，反映晚唐詩人在國勢頹危、社會離亂的壓力下，羣避於都市之中，逃遁於所謂藝術殿堂，借藝術長樂暇日，麻醉於一時，這前後兩期所反映出來的詩風如此，「大地之歌」是面鏡子，表現這一代，在經歷二十餘年的迷惘之後；重又揚厲著健康而熱誠的調子，重新回頭審識三千年偉大的傳統。在這次的結集中，我們瞭解我們的作品並未臻於完美，並未盡達偉大的理想，但我們還持續創作，絕不喧囂，絕不自得，將會一次又一次的結集，終有一日，這曾豐饒千代萬世的大地，在歷經艱辛，風暴肆虐之後，將會呈現千里青青、春來龍躍之象。

大地詩社編輯委員會

民國六十五春

大地之歌　目錄

王浩

本名王萬富
民國三十五年生
中國文化學院中文系畢業
現任中學教員
曾參與創辦華岡詩刊

王浩作品

傳奇

預言

登高時
萬山的落日
把生命以全然漠視之姿　拋回
拋給無端開展的宇宙
怒張成一簾梳理不盡的

長長的霜白。髮絲
延伸在遠天
先知們無岸的悲愁啊
豈是不寧的神話嗎
或是一頁揭不去
或者蒼茫一樣底
或者老邁一樣底
傳寄　覆下吧
那深古的天地玄黃
霜河啊
酷寒的流向
蜿蜒于寬厚的洪荒
而　不盡滾滾而來的江關
把足印碎裂
古道碎裂

碎裂成覆掌的斷愁
碎裂眼　碎裂胸襟
以及告別的微溫感動
　垂逝的一袖乾坤陰陽

遙遠喚醒遼濶
遼濶喚醒江河
逼眼的江河啊　風煙而上
觸動　江河的寂寞
觸動　風煙的寂寞
化入天末　一道豪情的雁唳
流爲異鄉寬寬濶濶的胸懷

而終歸要撲岸的
流瀉的永夜浪聲
汩汩流化　流化是

滿地的江湖
豪天邁地的浮沉

漸　冷硬的
季節呵
却是無可避免的深沉
及　斑爛的死亡

大　地

木落無邊哪
湧動不息的
一如無盡流失的生命
大地　以逐次龜裂的悲哀
把切割深入軀體
把生命寸段揮落
揮落的一記記傷痕

便如春花般
凝結爲山　爲海
以及擺設在時光中的故鄉
承載着月光
承載着風化的芬芳
黑夜踹過歷史的彼端
一道道獸蹄便迴流成一脈
　　　　　　　　偃臥的版圖

有時　把自己拋回遠古
怒目驚視
未知的旌旗飄飄而去
仰望遠天
翻動的一些城闕　一些神蹟
一些落日
便染上斷崖

以無限的蒼茫神色

大地呀　你蟄伏的巨斧巨斤
深沉而生動的砍下時
只攔胸一擊
就激成一片江海
及貼身的一柱山嶽

民　歌

一道淚河
蜿蜿蜒蜒的流失
流入一張慈藹的生命深處　流入
灌溉不盡的悠遠
流過那悠遠的細膩啊
一種護養便綻自你飄動的唇間

羅列的守護神的呼聲
響徹在季節的遺跡裏
隱入世代

時間 是另一種時光
而亮在雙瞳的微茫底
拈在雙掌的蒼老底
寂寞最是荒古的故事
隱在滿握的阡陌裏
寂寞是血紅楚痛的掌紋

搖自己爲歌吧
爲生長的根鬚
而搖得動滿天江湖的
是伸自故土的手
滑動在琴弦間的一隻手
一只古舊三弦

究能撥出多少繫念
撥彈多少慰安的手

不被知悉的
舒柔的偃臥而下底
拂在心靈上柔美的滄桑
有一種拂拭不掉
固執的永恒
是開放淚花的眼

沿着頰　沿着頸
一路開下去的溫熱
一路開下去的古拙語言
是徘徊於唇間
吐放不掉的憶念

星宿

只有在最森冷的夜空
才能發出深邃的光嗎
初生天河的殞落
却是流入軀體的招喚

沿着水聲
兩岸疊昇
無邊的詭異
就衍生一牆魅魑的記憶
只是宿命的殘骸交錯
而交錯的股肱　俯仰間
喚起一息大地的吐納與湧動

梟唱時

一頁頁或是塵封
或是沈淪的荒冷
便紛紛剝落
而哭聲何其血腥哪
黯夜的長空

倉皇撲蓋而來的
是軀體內隱隱的雷動
海濤般　怒嘯
狂崩的血嶺
沿掌心滲下
凝結天際的一節瑰麗指骨
冥異原是源自深海的淒冷
而兀立在淒冷的深海
在滿佈礁岩磷光的漠涯極處

我們的停駐
是一具具昇浮的
斧痕斑斑的千年銅塑

且讓幽藍穿行
我們透明而疲憊的四肢
揮動在僵冷的月光中
藹厚的天宇
盤結的筋脈
穿行在週身　炙焚的光
是無言的痛苦或跳動

風　箏

追逐着童年
在飄風的黃昏
黃昏

只是一張逐次垂老的容顏
步入寬廣的天空
便沒有鄉親
便沒有一句慰安的語言

在空中，一隻風箏
飄蕩爲多少寂寞歲月
細細的線　薄薄的翼
瘦瘦的生命　淡淡的眷戀
把身世寫成微雲一片
即成折翼的悲哀

逸不出天空的掌啊
在無言的黃昏
像是委地的微塵

王潤華

民國三〇年生
國立政治大學西語系畢業
美國威斯康辛大學文學博士
曾任美國艾荷華大學副研究員
現任教於新加坡南洋大學
創作有詩集「患病的太陽」及「高潮」，翻譯有「異鄉人」，「黑暗的心」等。

王潤華作品

門外集

——仿賈島

買樹記

僧提着松樹
樹帶着鳥巢
巢隱藏着千山的黑雲
雲夾帶着漫天的風雨
雨引着遍野的冰雪

郊遊記

古轍上的野草
　走進了荒原
破瓦上的種子
　生一株老松
孤獨的行影
　出沒於潭底

歸隱記

遠塔
　沉澱秋池底下
白雲
　棲息於鶴巢裡
惡鳥
　投宿於廢井

秋蛩
　爬入破階的隙縫
靈蛇
　鑽進古桐的心
林中的脚印
　與青山的背影重疊在一起

出

螢從枯木飛出
鳥從荒井衝出
磬從深林吹出
泉從幽石流出
帆自浪花中閃出
　懸掛着漲滿的秋色

門

觀門至靈溪深處
　才肯打開
琴院當蟬聲繁多
　才讓綠蔭入戶來
野客雖有柴門
　終年不關
儘量請山雨進去
　又出來

渾

河沙
有歸鳥的趾痕
江濤
沒有遠帆的浮影
荒山
有白雲留下的大石頭

古刹
沒有一點炊煙

變

夏湖上的一朵蓮
花香如焚
秋水下的千根藕
滿身汚泥

一九七三年五月愛荷華城

狂題

——仿唐朝司空圖

1

野花

覆蓋住茆屋
疏雨
垂掛簷前

進去
我只有酒
出來
我只有一根藜杖

2

綠蔭下
白雲抱着我
我抱着琴

睡到
弦斷如泣

雲下成洪
葉落成秋

我淡淡如菊
隨風飄零
一西
一東

3

瀑布
幽篁
野屋
和我
一道賞雨

獨有我
還等待他
買一壺春回來

4

藏在碧蔭的野屋
如鳥聲
響亮
而看不見
獨步於自然之道
跫音如鐘
却無迹可尋

5

他用草和花

葺補那一扇窗戶
殘陽落在背上

昨夜
落葉穿進他的夢
孤螢燃燒他的狂號
光的沉重
才使他脫下衣裳
　拋在樹底下
進去，而且將柴門關閉

6

我在谷底
寂寞成一朵花
飢餓着顏色

春雨
在高峯上
快樂成一片瀑布
　滑下
叫喊着痛快

愛荷華一九七二年九月

山水哲學

上

遠山
　崎嶇地睡着
　而沒有石頭
古樹
　一片蒼翠
　而沒有枝椏

綠水
　悠悠流去
而沒有波浪
野人
　永恆地望雲
而沒有眼睛

中

路走盡在
　樹叢
溪流失在
　烟霧中
岸斷絕成
　古渡
水開濶處
　有遠帆

下

兩座山
把水壓成
澗
兩湖水
又將山逼成
崖

象外象

(早)

太陽站在白茅上
飲着風
吃着露
將黑夜的影子

吐在落葉底下

（東）

太陽釘在神木上

春

夏

秋

冬

照着神秘的大門

（暮）

寺院

金黃色的鐘聲

將夕陽擊落

野草叢中

（秋）

太陽終於將秋風
磨成一把鐮刀
去收穫野生的稻穗

穀種的靈魂
原是一朵火花
燃燒了自己的綠色

一九七二年十月二十二日愛荷華城

象外象（三題）

人希見生象也，而得死象之骨，按其圖以想其生也，故諸人之所以意想者，皆謂之象也。

韓非子・解老篇

（河）

嘩啦啦的江水
以一把浪花
切開我——
我的聲音在右
　遺體在左

河岸的行僧
只聽見我的呼聲
却看不見墜河的我

（武）

我的鞋子
踏着你昔日的足印尋找
你底威武——
荷戟行至
國史館前

當我抬頭
你却只剩下一隻足
　一把戈
懸掛於精武門上

（女）

你上身是夢
　下體是謎
赤裸在遙遠的深閨裏

讀完最後一頁
抄至最末一朝
你只有峯隆的乳
修長的腿
觸痛我的雙瞳

也許
你還有
一隻手
二片唇
隱藏在昨天的夜裏

附註：馬宗霍「說文解字引通人說考」：「…母字從女。就象形以指事，爲合體指事字。兩點指乳之所在。乳著於匈。女字上半少兩點，蓋象匈部寬大之形。女爲未嫁之稱。未嫁無母道，乳頭雖不隆起，而乳房固較男子爲豐，此自生理之異，故造字者即取其特徵象之耳。合女篆全體而觀之，上出者象頭，中舒者象匈。下岐者象屝與足。貫胸之直，象一臂之貼匈而垂，側視之如貫，非貫也。一臂斜偃於胸，故臂不見而微露其手……」

古添洪

民國三四年生
國立臺灣師範大學國文系畢業
私立輔仁大學中文研究所畢業
現肄業於國立臺灣大學外文系比較文學博士班
著有散文集「域外的思維」（巨人出版社）
詩集「剪裁」（巨人出版社）
碩士畢業論文「國風解題」

古添洪作品

剪裁集

江彥章爲豫章幕官；一日會徐師川於南樓，問師川曰：「作詩法門當如何入？」師川答曰：「卽此席間杯拌果蔬使令，以至目力所及，皆詩也。君但以意剪裁之，馳驟約束，觸類而長，皆當如人意，切不可閉門合目作鐫空妄實之想也。」彥章頷之。逾月復見師川曰：「自受教後，准此程度，一字亦道不成。」師川喜謂之曰：「君此後當能詩矣。」

——曾敏行獨醒雜志

剪裁

必須剪裁
爲了平庸
爲了某一種模式

那些天才
那些要抬起頭來的
就是爲了那把大衆剪刀
被戕賊於小徑上
割裂的青
仍是抗拒的顏色

沿著公園長長的灌木叢
停住、默視
交換一個傲岸的眼色

我挺直頸項
繼續敲起琤琤的鞋音

一九六七年九月十四日

綠屋

新草席
舊木床
新枕頭
舊蚊帳
新舊交替的自身

星星在窗格子上駐足
偷窺我的睡姿
幼稚園生筆下歪斜的大字
夜的斜坡上

隱約有夏蟲的騷動
四壁遂化作綠霧消散
一枕幽香
不辨花香草香
不辨風聲雨聲

一九六九年八月十三日

柚子

琉璃的格子之外
葉子疊成濃淡的陰影
欲溜的柚子
如讒嘴者下掛的垂涎
願我的手
化作百公尺的梯子
伸入那沁人的微涼裏

咕嘪唄

它渾然可愛

向我交流自然的消息

一個翠綠的空間

用什麼槳筏來引渡？

噫！一果實竟是一禪機

一九六九年八月廿九日

晚　餐

白彫花小碟

企待

深棕的長頸醬油瓶

小豬小鷄

花兒草兒

在溫水裏嬉戲
紅色的槳筏
引渡此岸彼岸
一串別緻的活動！

一九七〇年六月十六日晚餐中

樹與樹

——優美的存在

琉璃之外
風過濾成靜態的流動
用什麼來交流消息？
——沒有ㄓㄔㄕ的語言
舞動龍蛇獐鹿的身姿

於自身完美之中
以神祕的潛覺
意識自己　及
他人距離的存在

游離的餘綠
構成斑點、多變的空間
陌生而親切

樹與樹
如此對峙着

一九七一年十二月三日

鬼哭集

英雄們都不免成爲鬼斷足或者斷手
淌血或者無頭或最溫柔的心成爲最

激昂的手勢或最激昂的手勢凝爲最
冷碧的鉛字鬼魂們或拖着尚殘缺的
身軀或拖着閻羅王新製的義肢回到
泥土香的故國重覓您底血您底軀您
底夢您們的英雄淚啊不要哭與您們
同年齡的新一代長頭髮像椰林迷妳
裙如倒懸的金蓮或是象牙塔塔主或
是虛無派宗師或成爲醫生或成爲博
士瀟洒而高雅安定而滿足覺民啊秋
瑾啊您們不要哭不要哭

漁　翁

——孤舟簑笠翁
獨釣寒江雪

一夜之間
所有的貨物都成了魚餌

麵包是斬爲三截
仍蜿蜒啃泥的蚯蚓
橘子是跳躍的小蝦
伸出多刺的爪

千萬　千萬不要張開嘴巴
鈎子會把喉核鈎住

街道是淌水的小河
兩岸商店是畫舫的釣棚
紅潤的漁翁臉
就這樣拿着釣竿垂釣

讓游魚也成爲漁翁吧

一九七四年四月二日

蓬萊米

——須知盤中飧
粒粒皆辛苦

不是　我們吃的不是
處女蓬萊米　不是說經過晒場
經過穀場　經過粗筋如鐵的手
而是說經過價格牌　被市儈拉了
皮條

從陽光雨露的手
到室內貨幣的手
蓬萊米的貞操一再被蹂躪
妓女白肉如丘
金銀在鴇母掌中成山
永遠是陽春的蓬萊　米

差似玉山的玉粒俯拾卽是
想不到有這麼一天：
餓火伸出狗的長舌
一半的肚皮留給空氣

一九七四年四月二日

電視機

——阿雄叔押了地皮買來了一臺電視機在離離落落稻穗叢中的土屋裏

黃鶯、烏啾，甚至貓頭鷹
沉默得成了啞巴
瑟縮在遠處如枯葉
松竹梅蒼骨如垂掛的灰髮

家家酒是異國的名字
天黑黑是域外的蠻音
孩子們要玩

新的遊戲
庭院深深的宮柳學樣款擺些
亞熱帶的相思樹學樣含情些
丫角還在稚髮上
搖着一隻
蝴蝶
庭院裏的小雞
也裝模作樣起來
翹起脚
作弓形步
側起頭
作抓耳態
吃米
也誇張得成了
啄木鳥

一九七四年六月二日

櫻桃破

是盼盼幽獨的芳魂眉
是小紅低唱的暗香唇

香君濺血的桃花
傳說開放在明妃的春風面
鴿翅純白
揚起了小蘋兩重的心字羅衣

清歌蛇腰綢浪
培植在
藥物味中
化裝品裏

廣告終於使

薔薇失血

一九七四年九月廿六日

巢

鳥鳴山更幽
王維未懂森林的溫暖
疊疊蒼翠中
有白葉紅蕊的窠
梧桐曾許諾鳳皇
可以棲盡滿林的寒枝
飛翔
落脚便成巢
電線譜橫切水泥牆
釘住招租的紅條

母親
抱住
乳兒
流浪

矗立的蜂窠
有過剩的空格

一九七四年九月廿六日

李豐楙

筆名李弦、季默
民國三十六年生
國立臺灣師範大學國文系畢業
國立政治大學中文研究所畢業
現肄業於國立政治大學中文研究所博士班
著有「翁方綱及其詩論」

李豐楙

筆名李璇、李默

民國三十六年生

國立臺灣師範大學國文系畢業

國立政治大學中文研究所畢業

現肄業於國立政治大學中文研究所博士班

著有「翁方綱及其詩論」

李弦作品

哭調仔

花綵搭就的戲臺一座
謳吟的苦旦從褪色的歲月中走出
碎步碎步在顫顫的一根弦上
頻頻揚袖拂拭著萬聲無奈

媳婦兒喜色的長袖　在春日
輕輕揭開的面紗底下脈脈的眸子
花轎來時的巷路

在猶是新嫁娘的瞻眺裏
追隨良人出征的腳步
一條遠道便緜緜緜緜的寂寞起來
「我君別後　千里迢遙
村子裏已發生許多變故」
兵燹之後　連年苦旱
大荒年後　還是征戰
黑衣的老婦人倚著門閭
默問一圈蒼茫欲墜的太陽向晚
「我君別後　生死未卜
請託金錢占問一個消息」
轟炸聲喧　村人沿著溝渠閃閃躲躲
家園遠遠地拋在身後
老人背孫　逃荒逃慌
緊急的風聲亂彈如急弦促管
「我君別後　無依無靠

公公已去婆婆臥病在床」
逃空的鄉間　風吹海嘯
月光慘慘淡淡漂洗著街坊的暗啞
伊纖白如寒玉的手輕輕撫熨
垂垂帳幔上一朵花色爛紅的牡丹
「我君別後　家門獨守
空等得遠來的黑髮一綹」
燭紅微微搖幌著梳粧過後的媳婦
著上衣香依舊的舊時裳
驀然　一陣狂暴的風
猛捲深閨裏沈沈低垂的簾子
「我君……」
夜深的閨中燭影搖紅
伊懷抱一綹光澤依舊的黑髮在胸
把青青瘦瘦的頭仰向
頭上　一圈鬱苦而紅的絲環輕輕飄盪……

——民國六十一年十月

附記：據地方父老言，哭調仔之所以悲者，非僅以聲淒，而實以事悲；日寇據臺，強拉兵伕，臺胞因借歌以抒憤，感國亡而悲吟云……

變調

——聞李抱忱博士指揮合唱有感——

(1)

時間：抗戰的第七年裏
地點：轟炸聲裏的重慶
黑壓壓的蝗羣撲過來撲過去
轟然~~~萬千重噸的炸彈
爆響在中彈倒下的大街
那一雙手
從煙硝中
從灰燼中
提煉出來

一種調子
他——站在廢墟之上
而戰爭
戰爭昇高一幅鬱苦的浮雕
他站著
強而有力的一雙手
揮開千萬人打結又打結的喉嚨
一股吶喊
奔湧自四萬萬方里地層下的一股吶喊
　　　旗正飄飄　馬正蕭蕭
　　　槍在肩刀在腰
　　　熱血熱血似狂潮
遠遠近近　烽火燒灼著天空
戰鼓鼕鼕　號角悲鳴
山河大地飄飛著旗幟
歌聲絡繹不的激　盪熱血

熱血
熱血
熱血滔滔熱血溶溶像江海狂濤
翻攪在四萬萬歌者的心頭
快奮起——快團結
快團結——快奮起
憤怒的歌聲
洶洶湧湧跨越破碎的山河
從火中從血中提煉出來
一闕熱血湧沸的
歌聲

(2)

時間：七七戰後的二十二年
地點：燈火輝煌的臺北
那一雙手

更多皺紋的那一雙手依舊握著那黑棒
從衆多期待的眼睛裏翺翔起來
歌聲，繼續昇起
旗正飄飄　馬正蕭蕭
槍在肩刀在腰　熱血熱血……
歌聲呼喚著歌聲
呼喚二十年前的國魂
好男兒　好男兒　好男兒
報國在今朝
歌聲走出了歷史，走入
閃爍著霓虹的市街
一羣新裝的兒女在廣場上
歡呼季節性流行的調子
雜沓的脚步如狂潮
把滿街的音響踏成一種節奏
西門町～～西門町～～

靜聽歌聲靜聽歌聲似哭聲
震耳的靡靡漂盪街街弄弄
憂鬱盤踞著浪盪的歌聲
另一種調子在舒展在呼喚
呼喚好男兒　好男兒
快團結　快奮起　快快奮起
報國在今朝在今朝在今朝
熱血啊　熱血熱血似狂潮
從汚染的空氣中
提煉出來的
一種調子
他站著　高高的站著
在昏黃而沙啞的天空
堅持著老而有力的
那一雙手

——民國六十二年二月

童歌

假日　城裏的孩子們
從大街小巷的蝸居蜂湧而出
紛紛擠到臺北西站的
廣場上
通紅的臉
如
灰壁上一幅廣告招貼裏的漫畫
（請依照次序　排隊　上車）
高速的
公路
爆炸的
早春
城市餵養我們的

是這麼過剩的藥物

（請不要把頭手伸出車外）

公路旁
一片旱凋的杜鵑
無聲地
繽紛繽紛的落向
污染的空氣裏

（請不要攀折花木踐踏草地）

讓我們圍成圈圈
讓山走到我們脚下
不再是印得好看的
畫片
不再是唱得離譜的
童歌

讓我們
赤裸著脚奔向
疊疊青山涵碧
讓我們
雪亮著眼泳於
彎彎溪水流青
讓輕輕的風　暖暖的陽光
使我們的頭項間散發
輕輕的
暖暖的
感覺

假日　請不要讓城裏的孩子們
擁擠到河堤上
捕捉

一隻破翼的
蝴蝶

——民國六十二年三月

南　胡

破廟前
蒼白的月
寂寞地
落著淒淒涼涼的光
夜深
鄉間不寐的
一支南胡
淒然　在搖曳的風中泣血
悽悽切切
伊伊啞啞
看廟的老人把心事

拉成一根瘦瘦的弦
沙啞的嗓子低低唱
出征的孤魂啊——歸來　胡不歸來　從煙塵　從瘴癘
從南洋的黑森林中歸來　辨認家園　辨認破廟　魂啊
歸來　辨認荒塚
塚上　葛藤纏結著碑碣
塚中　躺著一包指甲
　　一綹頭髮
　一封家書
用舊衣招你的魂啊——歸來
饑慌的年歲裏
鼓吹的行列繞過街坊
街坊飄搖的一圈紅紅的太陽
歸來　魂啊　黯淡月光夜　風吹海動　草木偃息
魂啊跨嵯峨的海隄　越蜿蜒的村路　風中　破舊的
白扉　搖幌的燈籠　滿村烏啼　滿村狗吠　滿村——

瘦瘦的月光
曬白荒落的村墟
深夜沈睏得死死寂寂的廣場
拉南胡的老人
一拉，一道血痕
一聲，萬聲無奈
低低吟唱 伊啞愈瘂
一起
一落
如暗夜的風
若斷 若續
散入更古老更悽愴的
天空

——民國六十二年四月

舞龍

晌午 太陽明晃晃直晒下來

像一面大銅鑼
廟前的廣場　挨擠著拜拜的喧嘩
焚著檀香等待著　等待著——
等一面大銅鑼
剎時　衆聲沈寂下來
一面大銅鑼嘩啦嘩啦的喧鬧開來
在燦燦爛爛的光華之下
活生生的神龍騰竄起來
嗆—搶—鐃鈸聲中飛出
一團火球
貼著地面　飛耀人羣
蜿蜒的神龍搶著搶著火紅火紅的龍珠
升起升起　降下降下
緊張的眼睛追著逐著夭矯夭矯的龍頭
升起升起　降下降下
嗆搶——搶嗆——

劈拍……劈拍……
耀眼的閃光，喧騰的鑼鼓
從廣場上旋轉 漩得所有眼睛所有的心飛轉 轉
出廣場 出廣場 過廟廊 過廟廊 繞街坊 繞
街坊
街坊啊！皇皇噲噲，堂堂噹噹
蠕動的人龍
明晃的太陽
龍遊街坊東 龍遊街坊西
龍遊街坊南 龍遊街坊北
天降神龍
祓除不詳 救災救荒
普渡亡魂 超昇天堂
七月十五的鄉間
籠罩著狂熱的陽光

——民國六十二年八月

公寓記事

臺北鬧房荒
租房子的人
四處循著招貼，尋找
一棲身之所

——新聞報導

城市裏，我們的名字
懸掛在租押而來的一爿門戶上
低低的天空覆蓋在林立的公寓上
公寓的屋頂覆蓋在我們的脊背上
日日走窄窄的巷弄來來回回
妻說：「天啊！四樓怎麼那樣高呀！」
蝸居在公寓的頂樓
寬廣二十來坪的空間

白晝頂著日炙，日炙之後
夜風嘩嘩嘩嘩地吹著
對門的鐵格子窗裏
風吹搖幌著的鳥籠
灰八哥偶而三兩聲嘀咕
在夜風中飄盪
新添的窗簾也在忽忽地飄～～～盪～～～
妻匆匆地闔上了窗
讓風留在公寓外越來越刮得淩厲

——民國六十三九月

白翎鷥之歌 一

薄暮
一隻鷺鷥
翻飛在煙靄昇騰的大氣裏

一種眷戀
日漸虧瘦的沼澤凝聚著最後的綠意
白翎撲撲
凌越煙化的崗陵上一段劈開的地脈

去年盛夏　工程隊來此地皮上探勘後
喘吼的卡車絡繹而來
揚厲的泥砂挾著灰塵傾下
塡平亙古以來的泥沼與水草
打樁的下午
建築工人的喧喝交結著鋼鐵雄渾的音色
自蒸騰著熱氣的柏油路上
太陽瞰視
一輛營造廠的大卡呼嘯而過

晚秋暖暖的夕陽中

新建公寓的鋁門窗
一格格囚禁著蒼惶欲退的太陽
新舖柏油的街道，路標指示→
一座童提初度的小站

公寓依次落成
日形密集的城市
把街道拓向林野迭漸引退的地域
繁殖一個個紛若菌集的社區

日曬之後　輕煙浮動
向晚的窗戶紛紛敞開
張望
一隻遲歸的鷺鷥
在模糊了的天空
翺翔

白翎鷥之歌 二

早起的鷺鷥，長唳一聲
乳狀噴湧的霧裏
一隻白鳥
　　伸展翎羽
　　　　滑翔而下
兩岸之間慵懶蠕動的黑濁河流
茫茫一再複述鳶飛魚躍的物語
晨霧作見證
鷺鷥作見證
十年以前，百年以前
一塊頑石盤生岸邊冥想水流花開的公案
而後煉煤的工廠履此迎風吐霧
而後製藥的公司挨著矗起招牌
鎮日橫溢而出的營養

灌溉河灘上的草葉
吞吞吐吐的雲霧渲染
河的兩岸成一種時髦的色調
鳴叫　拍翅
駐足在
一棵枯死的白楊
瞻視破空而下的陽光披掛著
重嚬馬達猛然昇高的爆響
一隻鷺鷥揚著白翎
飛向冷然的流雲
愉悅的仰泳在明徹的氣流裏
閉目瞑思
一若降臨的季節
將任使翺翔
在青青瀝瀝而廣大原始的天空

——民國六十三年十二月

余中生

本名余崇生

民國三十七年生

國立臺灣師範大學國文系畢業

現執教於省立屏東女中

曾獲六十二年度中國優秀青年詩人獎

編有「中國現代散文選」並出版「余中生散文集」

余中生

本名余崇生

民國三十七年生

國立臺灣師範大學國文系畢業

現執教於省立屏東女中

曾獲六十二年度中國優秀青年詩人獎

編有「中國現代散文選」並出版「余中生散文集」

余中生作品

這　天

一把靠椅
架着兩隻悠閒的手
大概他已經忘了
當呱呱墮地那天
掌上就有一張時間的臉

這天

自黃花崗送來一座石像
他就讓它栽在脈搏裏
去聽風
去聽雨
去聽粵江的水
　　緩緩地
流成一種自傷

那面碑是這樣斑駁下去的
（無聲無形無跡………）
直到把耳朵貼近她的乳房
有一支雄壯的歌
頻頻地撲打着他的鬍子

　　等　　春
一等就要到月底

才有機會晤見一切
院子裏的雞羣和鴨羣
也還不是一樣
如果雨不來
整個窗帘將沾滿泥香的
原來絲絲的風
活潑地開始準備拋售春了

你已不算是一位新客
在屋前屋後或田埂上
都會有人在懷念着你的袍影！
倘若還不放心
最好先趕到溪邊去一趟
記起來眞有那麼一次
他們都說你太懶惰了
爲什麼不連太陽也一起帶來呢？

一等就要到月底

中秋節

——記一位單身老人

中秋的明月在山中
山中有間茅舍
茅舍的窗下
月光似霜
八千里路
雲早就在那裏分化
一個忘鄉的遊人
一個里程
孤獨的一站
甭說
那是豪俠之氣

從明月下殺出
回眸處
浮雲和明月
茅舍和孤獨

酒杯在手中
草鞋被踩成泥

酒酒酒
一種多麼江湖的個性
從杯口上吹出
三十年前的深夜
更夫躲在牆角懶睡
就靠那股衝勁
從北到南
走平了一段雪路

也曾背劍
也曾荷槍
年輕時就靠那準準的槍法
「你他媽的胡人
還敢再騎着馬兒穿過那道短牆
我就給你一個好看」
甭說
在異地裏
仍存有那種勇敢
三十年前的血
整個中秋
夜在屋外蹲成死寂
而想的是：
時間的兩面
每一分秒

都有一張枯瘦的臉從窗口被擠出

門　神

尤其是在快過年的時候
門上總會出現這麼一張臉
一對過份寬大的眼睛　及
滿頤怒氣的鬍子
而那把劍就伏在背後
好神氣啊　這樣地站着
什麼鬼？什麼邪？早就被嚇跑了
尤其是在快過年的時候
整個村子
都在趕貼這麼一張臉
聽說在古早古早的時候
年　那隻怪獸
在閃閃的刀影下

縮成一堆灰
望向那掩着的門
好驚人啊 一幅黝黑黑的臉
當元宵過後
身裁短短的鍾馗
仍要苦命地被推進推出

甲寅年春月

木 窗

走廊的左邊
有一扇古舊的木窗
當一陣風吹過
總有幾許沙塵脫落
母親常爲此勞神

小時候
常坐在這窗下看書寫字
有時也愛攀爬
或輕弄吊掛着的鐵馬
今年　我從外鄉歸來
這扇窗兒却被釘死
走近它
心裏就有一種感觸
雙肩已高過了那根橫木

音樂會

像火焰熔巖，注入千年的冷寂
當象弦由千指滑落於無形
音符立即被註定
　於摧心的剎那

誰識，那腔蒼古的男聲
　於脈脈的眼裏
燈光幻成串串花樹
　於會場的中央
就孕一窩熱情吧
啊！蘇伯特的髭鬚觸醒了
逝去的早春

塔

每天都要打從這裏走過
一個小小的古塔
今晚月夜
我從那裏帶回了一些心外的肅穆
而千年以前
該不會那樣冷清
我再再地斷定

每天都要打從這裏走過
而木門總是掩着
斑駁的朱顏
破落的斷瓦
汲飲着季節留下的寥寂

每天都要打從這裏走過
想起梵唱何在？
想起引磬何在？
此刻——
有一種荒涼昇高
在這條已圮廢的石堦上

乩童及劍

幾遍誦咒之後

他這様地揮起了那把劍
或許是一種太極？
閃閃的光
接着
片片的影
接着
圓圓的圈
眞落向睽睽的衆眸
那是第幾次鄉祭？
或許是神的顯靈？
啊
　乩童
劍又開始揮起
仍是一陣閃閃的光圈
以及

一種聽不懂的語言
啊　乩童　何時？
接過父親的衣鉢
以及
那把劍？

菜　價

今天　仍然要以
堅毅的腳步
踩散寒露
走向菜園　急急促促
眞的
沒有什麼比菜價　更
令人關心了。

菜商的那臺算盤

就是一個善變的魔術器？
能叫農民們歡欣
也能叫你將菜丟棄滿㘵場
任由它漸漸地腐去。

早　報

在巷子的右邊
一位青年正讀着早報
忘了早餐
忘了要到3路車站
忘了趕去上班打卡
一
則
新
聞
被鉛印成黑

染過雙眼
攝住心房。

（想那個相命老人的話
一幢黑影伸過
攫住腦門）

新聞是那樣的透明
貼在行人的口上
預言裏，有一堵牆橫着
歷史寫在海棠葉
然後留存給子孫們。

一整個上午
心總是酸酸的
攤開那張地圖

城堡在那裏。
動脈在那裏。
血管在那裏。
報上的新聞也在那裏。

何錡章

民國廿八年生
國立臺灣師範大學國文研究所畢業
現任國立臺灣師範大學國文系副教授
著有「楚世家疏證」、「離騷研究」、「屈原及其作品詮釋」、「作文的方法與技巧」、及新詩集：「荷葉集」、「詩神的聖歌」、「河伯之歌」等

何錡章作品

誓約

花瓣凋落　都已化作春泥
悔恨　我已浪跡花叢十年
驟從迷惘裏醒來
驚見一座眞實的果園
鮮紅的光澤　甘甜的汁液
讓我就在一顆高高的果樹之下停歇

眞的不想再走　我已疲憊
只想搭一間相知的小木屋
在那交響的詩裏安然含笑睡去

夢裏　呢喃一夕溫柔的細語
　投我以木桃　報之以瓊瑤
　投我以木李　報之以瓊玖
　　匪報也　永以爲好也

只願、從此伴美妻長在愛琴海中裸泳
不再抬頭望誰走過我的海邊

一隻金杯

六百多個日子，都磨不掉呀！
心靈深處，早被紫色所鍍

暗暗自你窗內，偷出一隻金杯，
孤單獨飲，飲泣莫知的清淚；
有一天，我在詩國將薨，
我會遺言，將這刻有紫夢的金杯送回。

因我盡飲生命的苦汁，
身無長物，只此一隻聖杯，
肯伴我在死寂的黑夜裏沉醉。

十月的陽光

十年等待　十年期盼
終於來到綠竹猗猗的河岸
驟見一隻天鵝在竹蔭下停落
山光　水色　頓時爲她沉默
帶着傾慕　跟她飛翔

而後 飛過情人谷的河牀
河面 浮起一船古老的傳說
河面 擴散一溪十月的癡狂
飲不盡的美 吃不盡的甜
你的笑聲 原是至上的佳釀
姑娘 請毋忘閃在我心底的十月陽光

三重唱

飲盡一杯三重的檸檬水
推開一扇幽暗的心窗
姑娘 你竟引我走進溫柔的坟場
及第屋 唱不響詩神的聖歌
冰可可 溶不解詩人的寂寞
仍期盼 以白紗禮服裹住我的孤單

你的笑語　藏着我的嘆息
歲月無情　輕輕把我抛棄
十月呀　爲什麼你總似鐵石
捶碎我那心中的秘密

白玉歌

兩句美的諾言　一信袋的失意
黃昏雨　淋息了我的焦急
十二月　綻放知慧的花朵
希爾敦之夜　企慕的燭光閃爍
隔着窗　兩個靈魂相對凝望

撥九十四萬六千四百五十九次電話
克服一切困難　我也要渡過河去
玉石就在永安橋邊　等待詩人掘取

握暖一手冰涼的溫柔
預約一週甜蜜的憂愁
追尋十個世紀　才尋到夢
請別把我關在門外　願常護衞你

愛的十字架

十隻手指　化成十根鋼釘
釘四月的裸露於雲和畫廊
你說　我是一塊詩的磁石
夜夜吸住一串癡狂

放射一身濃情的期許
你是織女　我是牛郎
仰臥子夜的河畔
癡望你披白紗禮服下凡
向我說　願被你釘在愛的十字架上

相思林

耐不住春風吹來的寂寞，
耐不住春假露宿的誘惑；
我也來到陌生的林中，
輕觸相思樹枝的顫動。

春心喲！一顆一顆又一顆，
燒成一堆熊熊的營火；
我的心也被燒得嗶剝作響，
燒紅的柴，竟有淚水瀉落！

營火中升起一位美人
我問她，那天、那個時辰？
肯回來，肯回到我的相思之林？

玫瑰十二朵

一片綠葉，在等待中飄來，
一束玫瑰，在驚喜中沉醉；
十二朵紫紅，十二分感激，
一午後呢喃，一暮夜綺夢。

原想在三月埋藏一粒種子，
原想在黃昏卷起一葉契約；
誰知雲又湧，雨又落，
我的心又在夜風中抖動………

水晶鈴

信心已被一口咬碎
臉容已被一掌摑腫

你的淚　已滙成河
我的詩　從缺口流湧
愛情　已被燒成一片灰燼

夢的屍骨　仍未冷去
新房　也還空着
水晶鈴　仍在悲歌
心　仍在寒風裏顫抖
血　仍在苦雨裏滴落

未竟的路　如何通向你
燭火已熄　已熄
心門已被命運關閉

故　我

總夢想　更狂的日子

總等待　更美的姑娘
青春　浮屍於無情歲月的海洋

仍被唯美的歌聲欺騙
仍在孩子的笑聲裏飛翔
仍被詩神的女兒引誘
我在自掘的坟堆種植希望

仍自鏡子裏　照出哀傷
仍在梳頭時　梳掉時光
我將要到天涯海角流浪

總有一天

我的小船　仍空着　空着
沒有張帆　也不把舵
任它怎樣飄流　飄流

飄到愛河的出海口
任歲月無情的浪濤吞沒………

只是　我又想起了陸地
總有一天　還是要回去

駐足

在野老的聲波中狐疑
在瞑想的大門外低徊
在荒島上收集貝殼
任腳印　一天天擴大
我已踩軟一片夢中的細沙

詩頁曾飄落人間的深井
撈起晒乾　詩句仍不變形
有靈魂的地方　就有憂鬱呀

我那憂鬱的井水今已成冰
靜坐岸邊灰白的石上
傾聽海浪拍岸的廻響
一脈鮮血　在我體內擴成大河
日夜奔流河伯失戀的悲歌

愛　從眼中攝入
酒　從嘴裏喝進
死前　我確信
歎息　永喚不醒被催眠了的愛人

你知道　葉子總是繁茂
而主根　只有一條
且任花葉在浮光掠影中乾去
愛根不死　仍埋有一脈生機

象徵的詩句　雖曾流失
玫瑰的紅艷　雖已枯萎
我的狂歌　却唱不出一個花季
從迷夢醒來　不再昏睡
駐足祖國詩的山林　披荊斬棘

林鋒雄

民國三十六年生
中國文化學院藝術研究所畢業
中國文化學院戲劇系講師
著有「宋代劇場研究」

林鋒雄作品

河

流流流，流了還是瘤
河的樣子

割也割不斷，截也截不住
唱着蓮花

不開的一條歌

河的樣子
銅的河，汞的河，砒
霜的河

不是，水草有魚躍
澄明泛藍的河

河的樣子
細雨天
一個披簑衣的老翁
　舟
　橫
（背後是一幢幢裝冷氣機的高樓，天空飛機跑過。）
獨釣
這都市排泄溝中的

一雙破鞋。

六十一年三月十二日

百鳥引

荒腔的不成調
鳥鳴鳥不鳴，鳥在吱吱叫

悅耳的是音樂
亂吱的在哭喚

音樂一個春天，哭喚一個還未來的春天
枝頭上一堆雲雀
管他是什麼季節？

唱片中一隻笛子低低的在鳴
電唱機中一隻鳥大聲的在叫

管他是什麼季節

自然是

有鳥皆鳴。

六十一年三月十三日

空氣淨化器

價一千八百新臺幣

一架空氣淨化器

我買不起冷氣暖氣或者叫做空氣調節機

給我的妻

我們必須生活

我們要呼吸

可是，我的鼻子巨大而靈敏
常常流鼻水
如淚水
老天在下雨

住在花園有花粉
住在都市盡是人造的煙塵

但是，我們要生活
喝自來的水有氯氣
我的鼻子要呼吸
妻說要買一架空氣淨化器

六十一年三月十三日凌晨

遊

住在凌空的公寓

四周都是，高級住宅區

三十公尺的馬路
四尺的紅磚地
在這樣窄窄的人行道
兒童聚集，跳房子
捉迷藏，玩遊戲

意外事件是
一根球棒擊破了計程車的窗

推開窗，凌空的公寓
站着就挺挺的下降，電梯
我的兒
只好和我在一起
散步

在兩旁都是四線快車道的中央
遊出一片閒。

六十一年三月十六日

挑風燈

夜晚一到，我們
胃就準備齊就

烤肉，燉肉，以及燒鷄

星也會掉下露水
在草地。

白日升起，鷄吃蟲，牛食草，猪啃蕃薯葉

我們也要漱口，去汚氣
排泄廢物營養我們的土地。

夜晚一到，所以
我們就挑起了一盞風燈
緩緩升起，在黑暗的大地。

六十一年三月二十四日

穀　雨

我撐着一把傘苦苦的走
四處開滿嬌嫩的花朶
在原野
雨，鞭打着
蟲聲唧唧，蛙聲嘓嘓

草茂茂的長
方方的一塊田禾
綠浪中浮着一頂蓑

我撐着一把傘急急的走
妝鏡之前
我的妻
必然坐等着我如人造的花朵

蟲聲唧唧，蛙聲嘓嘓
我撐着一把傘
急急
又苦苦的走。

六十一年四月一日

夜雨

夜來，人眠我不眠
有冷氣如山風
何獨雨不來
雨來雨來，雨不來

樹是在路的中央瘦瘦的一排
都市的雲天
陰陰低低的雲
商女的歌，商女厚厚的粉臉
我狂嘯拔起

雄渾的孤峯，在故鄉長長的山水卷裏

一夜，山雨雨淋我兩

飛來了鳥禽嗚又嗚
嗚嗚嗚嗚，嗚出我一身的冷氣
我開始厭惡：公寓

六十一年七月二十六日

鴨

厚厚絨絨的一身白
　　鴨
秋天了，水漸漸的消瘦
漸漸的冷涼
我們還是要游
　　游啊！
這一窪水，是愈來愈沒有食物

愈來愈臭

秋天了，岸邊的食品加工廠
還在一口一口的吐着苦水
命苦的我們還是要游
游啊！
在一洼漸漸腐爛的秋水中
完成一個巨大的惡夢
直到，直到
我們變成隻隻垂死的瘦黑鴨。

六十一年十月二十日

猴

單單一條紅領帶

我就
被你繫住
妻啊，我是該笑該歡樂或者應該哭泣

生活是這樣的艱苦
才剛是新婚的時期

每天早晨
我要和太陽一齊爬起
翻筋斗，扮鬼臉
討大人們的歡喜

爲着你我的一口飯
不得不厚着臉皮

但是，晚上回到家裏

我的屁股剛坐在你的雙腿
就被你用力推起
一陣火紅，一陣辛辣
聽得見你輕聲在罵
一聲：猴急！

六十一年十月二十一日

一株黃色的野玫瑰

在原野，肥沃的土地
我孤傲地開放
開放，我無限歡欣的意志
在晨旭和朝露中
我孤孤獨獨地舒展筋骨
沒有戰爭，也沒有殺蟲劑
在空氣中

　　散佈
一如惡毒的謠言。

直到，有一天一聲口哨
人
　　探　　出
白白長長的五根指
無止無邊的惡夢
從我的脖子，我的脚
揪走，揪走我
生命的歡笑
迅迅速速移植
移植在伊
　　肌肉橫拉的臉龐上。

於是，我被安排

靜默的美態
在景德瓷白細的長頸上
生活在小公寓的茶几
相處，有同伴
一朵黃色的玫瑰
有塑膠的香味，塑膠的綠葉。

六十二年八月二十七日

林錫嘉

筆名林恆、克德琳
民國二十九年生
現任職臺肥公司
曾獲六十二年中國文藝協會詩歌創作獎

林錫嘉

筆名林恆、克德林

民國二十九年生

現任職臺肥公司

曾獲六十二年中國文藝協會詩歌創作獎

林錫嘉作品

腐朽的讚歌

杉　樹

那棵擁生命，寧願受踐踏的杉

昨夜
黑夜藉狂風的手
把那棵堅挺的杉
推倒
傾倒頃刻

綠火雲時劃破灰色天幕
歷史傾塌

我所喜愛的
鄰居們所喜歡的
朋友最讚賞的
杉

四十年來
淩然與風雲並屹
諦聽大地的聲音

今晨
鶴從遠方來
竟找不到那堅強的翅翼
與之共戲

很多人熱心幫忙
重新扶植
這棵乃他們信念的杉

於是大家歡騰着
杉樹的重生時
我在脚邊
發現了一根
折斷的枝椏
傷口正淌着血
鬱然之中
還聽到大家說
「杉仍然堅挺如昔」

春之晨

住在榕林的日子

幼小的女兒
她比春天都早起
然後在林中
悠然奔跑
且採摘滿手的花朵

「不要亂摘花」
我的怒喝
在悠靜的榕林裏
響得怕人
揚起手
欲暴開我的憤怒
她却仰起臉
用碰都不能碰的春天
把沾着露珠的蓓蕾
輕輕抛入我的懷抱

六十三年八月一日

黃昏的天空

每天都是同樣這個黃昏的天空
同樣衰老的烟囱吐着煙
然後，一隻歸鳥
沒入遠方

每天都是同樣這個黃昏的天空
我挾着公事包
愜意的回家

今天，想着早報上
大羣驚惶的越南人
我的人類的同胞
在烽火中
小孩呆呆的望着大人

大人呆呆的望着燒焦的房子
同樣這個黃昏的天空
同樣挾着公事包
回家的步履
竟踩碎滿街寧靜

六十二年六月三日

微弱的燈光

現在，我必須走夜路
回到山上的家
我花很少的錢
買下一支手電筒
沒有燈的山上
我必須有一支手電筒

今天
我拿着手電筒
走過西門町
數不盡的燈光
猛往我身上攀問
我走着
臉上尷尬的微笑
急急把手電筒那點微弱的光
熄了

而在那沒有燈的山上
我知道
妻正倚門
盼望我手上這一點
搖提的燈光
自遠遠

慢慢的走向她

六十三年六月

銹色的悲哀

破舊的機械廠
殘冬的手
老往機器的屍體敲打
鐵的回聲仍然鏗鏘呢！

紅褐色 以及
帶有黑色斑點
這就是他生命的顏色
不同於油油青草
不同於清澈溪流
倒有幾分
像家鄉芬芳的土壤

黃昏時刻
就可聽到一種聲音
微微發響的剝落的嘆息

有幾個人聽到
這種剝落的哀泣？

六十二年十月

腐朽的讚歌

在自己的信仰中
哭泣的太陽
關閉的窗
瘋了的智者　以及
乾涸的河
停頓的車輪

被流產的嬰兒
這些
都將被一隻慈愛的手
撫摸着
而後
復活

六十二年二月六日

垃圾箱

腐朽的也收集
垃圾箱
只是一個驛站
被丟棄於此的
再被另一隻手

檢去

垃圾箱
只是一個驛站

世間
只是一個驛站
我曾由此經過

垃圾箱

六十一年九月二十二日

雨·回家

回家的路上
下着雨

他們是否也急着要回家？
他不讓我
我也不讓他
他的脚
我的脚
競相在回家的路上
急速的踏下
一個個急於想回家的
脚印

六十一年七月三十日

惦

海邊有雨
我們是去看岩面蝕落的？
路邊有雨

我們却走過青翠的路
去荒郊

海濤的路
連接眼睛
祈望向前仆去

能那麼想吧
海裂出路來
路連綿着愛的眼睛

六十一年十月一日

夏

正午的烈陽
以殘暴的手
揑住路的喉嚨

路要開刀了
先麻醉
修下水道的工人
爬入還留有一絲陰涼的
水泥管
於半昏睡中
他夢見
天國洞開的門

六十一年六月三十日

林明德

民國三十五年生
私立輔仁大學中文系畢業
私立輔仁大學中文研究所畢業
現任輔仁大學中文系副教授
著有「晏幾道及其詞」（文馨出版社）

林明德作品

給亭亭

看一池敗荷成風景，你說
澀澀的不也是一種美感

浮萍流綠
風在林梢
想那次邂逅，在初冬，在夜晚
相對　恰似相忘的蓮兩朵

窗外，暮雨蕭蕭
走過樹影　長長
風細細，雨纖纖
此際怎不見木棉葉落，疑問是你的眸
我說：西風凋碧樹，……
俯仰之間，刹那頓成亘古

翩翩，翩翩走入古典
流連浪漫
你以水情縈我　縈我
我回你以青山之姿
夜遂無涯

路，蜿蜒而入眼底
穿過風穿過雨

深深處，非煙非霧
亭亭，初渡是苦是甘
　非苦非甘

此刻，風蕭蕭
煙波滿目，看你
是蓮千朵　在我心深處
流
豔

向鐘響處

夕陽的脚步，輕閒地
伐着。紅暈的容顏
漸挪向綠草上湖風的
烏鳩……

鐘悠然醒來
自闌珊處，此際
也匆匆也紛紛的路，儘是些
近視的行色

向鐘響處，是多槳的舟
而燈城則已是被淡忘了的津渡
夜，如水
喧嘩是浪

當鐘響又起時候
再見便向四方擴游去，如驚魚
任他星兒凝眸　茫然

歸

歲月　是爺爺鬍梢的那卷白

海脚前的那副村容，想必
從他幾則傳奇抹描的

童年　原是支海韻組曲　夜夜縈繞
離別恰似輕點的休止符，往往

醒覺於一次叮嚀　驚瞿
母親也輕泛着
幾筆灰白　於
烏黑的髮際

點點白鷺，沒入
北方的黃昏
蹣跚巷尾，今夜
可不是醉飲鄉情的離去

邁上六月的行程

一盞燈影
一壺悲愁
一册莊子
他，邁上了六月的行程
似僧非僧，隱隱，記得
來 衝風雨
去 踏煙霞
斜照半峯
青，是我
還山
路

微吟

之一

……

出自湯谷，次於蒙汜。
自明及晦，所行幾里？
夜光何德？死則又育。
厥利維何？而顧菟在腹。

……

天命反側，何罰何佑？
驚女采薇，鹿何佑？

……

——天問

雲飄
水流
千載，一例悠悠
而不逝去的　恒是
水湄，倒影的
愁予

雲
飄
水
流

之二

你，來自雨後
濃濃的霧
一盞燈便點亮了驚喜

一壺酒也溫起
春臉　泛泛
而酡紅就如此譜下
那曲未完成的……
夜清清，窗外

之　三

打多風的玄思道走過
午後，鶯啼蝶影不到

直被遺忘了的
遣心池畔，此際
芙蓉流艷
聽聽，總是柳梢
緊抓的情人語，幾句
輕輕

而他打多風的玄思道走過

碑石之外

——憶小周

玄思那楓葉如何為秋旅譜下
這曲悲愴的旋律
　年年歲歲，歲歲年年
你，輕盈的蝶影，已然地
自秋空逝去　一如迷惘的蒞臨

只要片斷往事駐足
便有情緒翻湧成浪
而你是逆溯的紅鯽　游向
深淵，往事如雲的深淵

夕陽小立

風在林表，此時
碑石已成爲你的名字
你的英挺啞然了，小周
綠苔也驚視那串迤邐的蒼顏

有人暗忖着
　生　是一種事實
死　又何嘗不是
…………

夜話泰山巖下　曾經
豪邁玄思道上　曾經
只如今　長青的遊子憾恨
在南方，在白鶴山之陽

後記：小周，本名周文浩，山東人。輔大中研所肄業。民國六十一年八月廿三日，死於急性血癌，才廿六歲。葬於白河鎮白鶴山之陽。

吳德亮

民國四十一年生

作品常見「中華文藝」、「中外文學」等刊物

曾爲花蓮軍中廣播電臺記者，並從事美術設計工作

現肄業於國立中興大學法律系

現肄業於國立中興大學法律系
曾為[illegible]軍中廣播電臺記者，並從事美術設計工作
作品常見「中華文藝」、「中外文學」等刊物
民國四十一年生

吳德亮

吳德亮作品

揮淚斬馬謖

我看見一張
蒼老的
先帝的臉

青苔方自腐朽中掙扎起生機
左脚踏出去的第一個脚印卽已完成
滄桑的後事

沒有人擁擠在我們疲倦的眼裡
讓我們去哭，讓我們
去泣

哀哉
先帝呵
是怎樣一種記憶爬在我底臉上
揮劍的時候
何以
我如此愴然？

皮飛舞在臉上
肉的動作却等笑過以後，始悄然
爬了上來
黯然停下
張望着我們背上

累累的鞭痕

尚有部份的血留在白帝城
留在風裡，展望
祭起的旌旗
先帝呵
請允我
在弟兄們零落的屍體上
走過一陣陣底紀念

搔出血的
一堆白髮
在那裡我們看見自己的臉
被歲月壓成一條瘦長的
路

先帝仍然
無語

江湖行

是否每一羣流亡的雲族都若
濺起的血肉片片
爲一種堅持
完成
美麗的死？

如是
我們的拳頭亦始自一種堅持
堅持着心愛的人
死去時
未瞌上的雙眼

未復仇以前
所有的恨，都是
未開花的血
所有一切的慾念
都是被禁止的

因此
在走過的許多
大大小小的城鎮內
我們的臉總是被煮成
許多不同的樣子
憤怒的時候
我們用亮亮的劍
揮舞我們沉甸的手臂
用厚厚的酒，封住
我們總是喜歡看不慣的嘴唇

因爲所有不妥協的堅持
都會逼着我們拔劍

而淚水是不止的
正如我們下山以後
從未停過的雨
我們重複的記憶摔在地上
亦僅僅是消失在泥濘裡的
所有的足印

日日，我們走着夜行的路
背着復仇的擔子
走遍千山萬水
我們唯一的記憶
只是一字一字
咬在舌尖上的

仇人的名字
我們踏破的鞋已成爲一種劍的招式
一種美麗的
堅持

機槍手

俯視前方，你的身體在陽光游移的速度裡迅速把自己彎成一把待發的弓，在故土均勻的呼吸裡，扶住即將搖落的天空，然後用一種正確的仰望，穿過覘孔的目光在前方釘死。

手的象徵是一串串美麗的殘忍，一隻隻上升的蛺蝶遮住整個時間的飛躍，並把你裸露的位置，燒成另一種樣子。

你任性的
用背上洶湧的汗水，佔領
所有的
死亡的聲音
却讓自己跌在深邃的傷口
傾聽你心的跳動

凝視前方，你匆忙的手乃是雪花紛紛
飄落的記錄，每一陣飄落卽是一批絢燦的
哀傷，你把臉埋入密密的髮，用一陣痛楚
包紮你血流不止的眼睛。
疾行的落葉在日暮暮後支撐全部的天
空，你張開疲倦的臂，緊緊抓住唯一清醒
的泥土，你擧目四望，被揚棄的繽紛何止
是纏綿在你喉間的淚水。

當月色站起，兵士
你將以那一種開始
處置你氾濫的
鄉愁？

夜晚衛兵

我們用鋼盔
抬着月光，用汗水
重複的
在可及的恐懼裡
完成我們握槍的姿勢

鄉愁在行進的黑暗中臥倒
我們側過去的臉
迎着刺骨的風
另外半隻臉

補滿樹的陰影
我們的眼眶裡煮着
臨別時
母親的淚水
叮嚀哨着我們龜裂的唇
在一陣犬吠之後
猛然驚醒
口令已經成爲一枚待發的炸藥
在走過的聲音裡
垂直掛着
成爲行進的時候
我們挾緊的臂部裡
擠出的汗水

我們的影子孤獨地
在冰涼的水泥地上
以三十度仰角
撐住天空
每一個舉步都是一種
艱辛

被寒冷咬醒時
我們正舉着槍
用槍管撥開思念
在無限的夜間射擊位置裡
用眼的餘光掃射遠方
逐漸的
把自己站成一株
木麻黃

鄉愁

請坐下
請坐下來
請傾聽
請傾聽海聲
設若我們已經抵達海邊
我們的頭上插滿了稻穗
我們淺淺的酒窩裡面
藏了很多
甜甜的酒
而且——
有人肯定
我們已進入夢鄉

搖一搖水面的月光吧
把魚們都搖起來
趁天還沒有亮
我們尚未醒來
把我們的醉語抄下
譜成歌搖
一路
唱着回去

請坐下來
請傾聽海聲
倘若有人肯定
我們已經醒來
在靜止的沙灘上
請用一封一封的家書
將我們的眼淚

輕輕擦乾

護身符

一枚鮮紅的護身符綻開在你瘦削的胸膛
猶如那年秋天，母親用臍帶
緊緊抓住你初生的軀體上
綻開的血

香火是離家後
神的警衛
自家鄉的關帝廟引來
在母親細細縫過的護身符裡
活着對家的思念
母親的叮嚀是一把
防身的劍

香火是劍的鞘
而你則是仗劍行走的路客
在獨行的歲月裡
將護身符印上一層又一層的
體臭

一枚鮮紅的護身符綻開在你瘦削的胸膛
在汗水裡呼吸你沈重的哀傷
你遠在家鄉的母親，此際是否
也像護身符一般，你每一次出征
都要淌淚一次？

手

悼吾友黃郁銓

我們趕到時，你已經
先走了一步

在出發的路上
把鄉愁交給我們

而那時——
草原正伸出
慌張的手
蓄意抓住
向我們急急揮手的
歲月

或說有驟雨
傾盆而至
在母親的召喚裡
你匆忙的趕路
疾行的速度仍然
無法搖落你身後

冰涼的雨意

你終於選擇天空
用風箏貼補你迸裂的
傷口

請止步，書生
請傾聽歲月
在我們繼續追趕風箏
閱讀天空哀痛的文字裡
請將眼鏡托好
用你瘦削的
童年的手

詩　集

用厚厚的鄉愁作稿紙

我們寫詩
在四出飄泊的歲月裡
記載我們如雁的飛行般
艱辛的旅程

用深深的思念作投遞
我們的作品
僅僅是虛報平安的家信嗎？
我們脆弱如少年般的感情
用笨拙　語言寫下後
寄給母
鄉愁便能像大量使用的稿紙一樣
逐漸的減去吧？
用濃濃的親情作篇幅
我們的詩

一篇一篇地寄出
發表在母親寬廣的胸膛
讓暖暖的絮語如清水般
頻頻注入我們脈管
我們困倦的心室便能像
初春的雪地一樣
一大塊一大塊的釋放吧？

用長長的叮嚀作序文
我們出版着詩集
在四出飄泊的歲月
在母親如天空般
廣濶的愛心裡

翁國恩

民國三十九年生
中國文化學院英文系畢業
現服役中

翁國恩作品

蜘蛛與網

（一）

吐絲織網時
噓聲嘲笑四面八方來
且如此預言：
古老古老的傳說
該斷送給進化論

網既成形
張起密密麻麻的期望
如果誰來
如果

（二）

一到夜晚
期望更明亮地閃在漆黑的夜色
一只頸子伸得更長
不眠之眼如炬
更焦急的等待

過了黎明
蒼白的天色廓著疲倦的臉
苦苦掙扎
竟已無法移步

僅僅網著一個寂寞的自己

（三）

昆蟲們皆詭詐
成羣而來
以衝鋒之姿
高聲呼嘯

網子不顫抖
只是定定守著
天色昏黯
風聲何淒涼

終於網子碎裂
蜘蛛也失踪
或說已爲昆蟲們吞食

空懸幾條斷落的絲
莫可奈何地飄搖

故鄉

（一）土角屋

方方
土土的
流下來

或橫或豎
鄉老們不這麼說
向南向北朝東朝西
總得翻翻風水地理書
討吉避凶

泥土斑落成皺紋
土茅草都長霉了
有時
幾片青苔
幾株迎風的小草
不知如何
就長成傳統
就變成象徵

至於顏色
當然會褪　褪
淡了記憶
後來　公寓就淹沒一切

（二）青　苔

沿著陰濕地

營造春天
被人遺忘的古墟
顫抖幾片欣喜
就算有風
也揚不起春色
如池畔的柳條

靜靜守著
被棄的寂寞
這也是一種生活
沒有陽光
呼吸歲月的霉味

沒有信息傳來
除了那些光澤閃閃的
那些呆板的公寓芳隣

瞪著示威的眼色

我們原是活在昨天的
接受白眼的
醜惡的
一羣

（三）紅瓦厝

工業的雲
都叫笑臉給忘了
放肆地飄東飄西
昔日，炊煙總是悠閒走著
放牛的慢步

這邊　高聳的怪物
立了滿街

那邊 歲月
重重喘息
紅瓦厝傾斜幾許
半壁青苔
無知地開放
迎雲展笑

龜裂的庭院
㦃㦃躺著
歲月 也數不盡了
昏沈的夢回
對街滿是洋臺
何從招架
輕狂的恥笑
雙手

數著數著
竟是一錠錠
金黃的明日
昨日　早已摔開
至于今日　無處安插

綠苗　愈來愈蒼白
一彎河水染成死灰
浮著幾片魚屍

慢慢走進
眞
空

電　線　桿

首先

寂寞不是本意
任人豎起
有人走近
仰首
便肯定自己的孤獨與偉大

其次
太陽光下
苦讀風的青眼
星光下
數著數著微笑
竟也水仙起來
後來
後顧前瞻
發現自己不過衆裏一點

有什麼因我而滋長
已無從逃避騙局

最末
自憐無用　自絕不能
遂任歲月腐化生命

假面具的背后

扭著變形的臉
你的動作，小丑
引逗無知的笑聲向你

猝然驚覺
你眸內微閃淚光
那背後，以嘆息
我掩飾一切

步下舞臺後
笑聲褪逝了，掌聲也逝
強忍的淚
步不步下你的眼眸

另一陣掌聲響起
觀衆等著另一個你
你廉價的笑呵！

假面具背後　淚
隱藏一些什麼
掌聲不回答這些

思　念

靜悄悄
誰在施肥料

夜——這麼深了
晶勻的肥料
學名是月光
滲得這般深

一顆種子
神話一般
打從心底
裂開脆皮
抽芽
茁生
不停的滋長
一株樹

直到妳接納
灑水

——何等神秘的甘泉呵
樹不再增長
很必然的開花
垂纍的果實

妳知道
樹名
叫做悠悠的思念

山　崩

有一天
山禿成一座荒山
曾是森林
曾是獸的家
此時，更多的獸
吸雪茄煙論戰文化

無了木材
猶有石頭
至少還有泥土
大不了挖骨頭

挖呀

地下中空
隔一層薄土
地上
一按電鈕
孔子怒目瞪視蘇格拉底
滿天砲灰
分不清雲哭或雲笑

後來

誰也不知道
那一方戰勝
荒山塌落
幕迅即降下
就是原始

秦嶽

本名秦貴修
民國十八年生
國立臺灣師範大學學士
著作有詩集『夏日・幻想節的佳期』
曾做過『東海』，『詩播種』，『海鷗』，『文風』，『小說創作』等編輯工作。
也是『噴泉詩社』創始人之一。並曾主編『青青文集』及『摘星的季節』。
現在臺北市私立華興中學任教學組長

秦　嶽

本名秦貴修
民國十八年生
國立臺灣師範大學學士
著作有詩集『夏日·幻想節的佳期』
曾做過『東海』、『詩播種』、『海鷗』、『文風』、『小說創作』等編輯工作。
也是『噴泉詩社』創始人之一。並曾主編『青青文集』及『摘星的季節』。
現在臺北市私立華興中學任教學組長

秦嶽作品

俺歌小丑

幕啓

舞臺上
那俊俏的姑娘
以小丑的滑稽之姿
指着俺　說俺是他爹

舞臺下

羣目聚視　嘩笑驟起
宛若一排子彈　呼嘯而至
射殺俺　掩埋俺

俺暈眩得不知俺是誰
也不知俺是在臺上
還是在臺下

俺有娘　有妻　有子
就是沒有這小丑般的俏姑娘
憑啥誣賴俺是他爹

從那次土八路用炮彈擊破俺家的烟囱
污染了俺家滿天的彩霞之後
就像俺出生時
產婆剪斷俺與俺娘

相依爲命的那根臍帶
所以俺娘在濤聲之外　千山之外
還是別提俺娘　提起娘
俺看着俺兒的眼睛　就會滴血

至於吾兒　他第一次
但很正經的握着玩具槍
並且很認眞的　叫俺投降
俺曾經多少次莫可奈何的舉起過雙手
而僅有這一次　俺欣然情願
可惜此時只有俺妻爲俺鼓掌

關於吾妻　曾問起俺娘
俺戚戚然　無話可說
所以妻那雙精靈的
　　　　會畫畫

會彈琴
會把鍋碗弄得叮噹響的小手
怎麼畫 也畫不像俺娘的容貌
怎麼彈 也彈不出俺娘唱給俺小時聽的歌
怎麼巧 也做不成俺娘用玉蜀黍摻蔓菁熬成的糊塗

小丑在臺上
觀衆在臺下
鼓聲咚咚 炮聲隆隆
而俺在風中
俺在雨中
在雲中
在霧中
宇中
宙中
槍林彈雨中

以及
　在隔着山隔着海
　　曾經酣睡過而如今日思夜夢
　俺娘那溫馨的懷抱中

而終究會有一天　俺娘會看到
俺像小丑在臺上一樣
贏得如爆裂的春一般的喝采聲

幕　落

六十一年十二月八日於花蓮聽濤小舍

五　重　奏

——獻給吾師謝冰瑩——

1

迎妳以風　迎妳以雲

迎妳以盛放的浪花之濶笑
迎妳以悄立的山林之豪語

妳在車中坐　車在雲中行　雲在風中馳
妳來　從這幅畫逸入另一幅畫
妳乃畫中之龍　龍中之睛

2

就這樣　我跟隨着妳　踩死了一個下午
暈眩於藍色海的臂灣裏
聽濤聲拍擊着故鄉呼喚的夢囈

撿拾被遺棄的一片藍天
在大海吐出的玫瑰色的碎石上
雕塑着美得僅有自己始能辨認的風景

3

曾經是握過槍流過血的手
如今握着堅硬的自己
刻畫美的形象　雕塑時代的縮影

在中國苦難的翳着陽光的陰影裏
燃燒着　劃亮熾熱的生命
與我一樣　該也是逸出槍管的一枚子彈

4

掌聲雷鳴　響徹在一九七〇的天空
而每張仰望着的　爽朗的笑臉
正如校園裏沐浴着陽光的夾竹桃

妳的叮嚀　是繽紛的春雨
所謂女兵　所謂在日本獄中
正鏗鏘有聲的叮嚀在中華兒女的血液中

5

在吆喝中
阿美族展示着他們的一縷清香
從幽香的繚繞之間 他們款步走向現代

無從測知 也無須測知
文明曾是閃耀在少女胸襟上的飾物
在狂放的古老歌聲裏打着寒戰

你看着他 他看着你
過去與現在 現在與將來
在目光交錯的焦點上 遞嬗着歲月的年輪

後記：
謝老師坐計程車來找我的時候，我正和『風格』詩社的一羣年輕朋友在鯉魚潭盪舟、談詩，以及籌畫詩畫展的事。

歸來，已是深夜十一點。看看桌上謝老師留的便條，驚喜之餘，悵然良久，始在電話中請罪，問安。

第二天是四月廿七日，星期一，恰是我的值星，值星老師要在週會上專題演講的。靈機一動，於是，先徵得校長的同意，七點鐘，我就以電話把謝老師在甜夢中吵醒了。終於，謝老師不顧旅途的疲憊，慨然應允來海星中學作一小時的演講。

這位曾以「女兵自傳」馳名中外的女作家，在學生的心目中，實在是太偉大，太值得敬佩了。所以在如雷的掌聲中結束了演講之後，請謝老師簽名和攝影留念的，紛紛湧至；尤其應屆的畢業同學，更抓住了機會。

謝老師這次是陪同菲律賓大中華日報記者，汪海瀾女士環島旅行的。汪女士是第一次回國，即使祖國土地上的一塊碎石，都握在手裏，把玩久久，還不忍丟棄。在花蓮，我權充嚮導，這天上午參觀了榮民大理石工廠，下午到海濱撿石子，晚上又到了山地文化村觀賞歌舞表演。

因謝老師行色匆匆，未能盡弟子之禮，深感不安，故賦詩拜謝。

海　宴

——爲自己的四十歲生日而舉杯

小園裏　芳香的泥土
正成熟着串串的葡萄
而葡萄是昔日未成形的夢

以其酸味填塞凋零的日子

曾經凝神的眼
是終日欲飛而從未飛翔過的羽翼
當一陣濤聲從掛着風鈴的小窗口襲來
遂跌落在密密的向陽的葡萄籐上

想起船　想起遠方
船在港灣停泊　如一醉漢
被浪潮衝撞着　眩暈着貝殼似的
在每日清晨醒來　仰視那朶急馳的雲

雲來　雲去
那思念　被燃燒過或未燃燒過的
總是白得如波波捲起的浪花
若記憶中山上的積雪　不曾溢出一絲暖意

飲也飲不盡　這夕陽在異鄉羞怯的笑靨
冬天已逝　埋葬着委屈了很久的一粒麥子
突然爆裂着——
一繽紛的春天　一羅列的花季

五十八年十二月八日於花蓮聽濤小舍

夏日・幻想節的佳期

九月的黃昏
窗外　風景如畫
窗內　畫如風景

凝結我的思念　凝結我的視野
我沉醉　以眼豪飲
我假寐　以心狂馳
在風景之中　在畫之中

拍擊浪花的風羣走過
激起鷗兒振翼欲飛的綺願

羅列着粼粼陽光
羅列着波波銀藍

採擷妳的淚
妳的淚 是落日焚燒後第一顆閃現的星
點亮了哭泣於昨日浮貼在青空的那朵雲

妳的柔髮 妳的纖手
妳的櫻唇 妳的肌膚
都是最美最美的土地
我播種於斯 再生於斯
　成熟於斯 植夢於斯

醉着 假寐着

於九月的黃昏
於黃昏的風景如畫　畫如風景之中

雪　望

——合歡山剪輯之一——

不能再高　再高　就攀着那朵白雲了
　白雲深處是故鄉
故鄉是枯萎了的冬草
久久沒有看到春和陽光了

　　雪溶後　來時的路更加泥濘

不能再前　再前　就跨上那座虹橋了
　虹橋盡頭是故鄉
故鄉是乾癟了的種籽
久久沒有嗅到泥土的芳香

雪溶後　來時的路更加泥濘
故鄉曾是流過血的母親
孕育着我的生命
我要向前　攀高　我要歸去　歸去
攜一撮泥土　一束陽光　一暖暖的春

變奏的冬

——合歡山剪輯之二——

雪　層層疊疊　覆蓋着
株株冬眠的枯草　悄然呢喃
欲抖落滿身的寒意
雪　層層疊疊　覆蓋着
朵朵含笑的野花　打着旗語
欲睹絢麗的春之容貌

雪　層層疊疊　覆蓋着
被禁錮的岩石　呼着風的哨吶
召喚着片片飄逸的雲

雪　層層疊疊　覆蓋着
覆蓋着　一粒雪　含泳一頁故事
　　　　　蘊藏一束記憶

我翻着　翻着
一頁故事繫着另一頁故事
一束記憶綴着另一束記憶

故事是山谷中的淙淙流水
鏗鏘而來　我是飄零的葉
欲渡千山　過萬水　乘波而去

而記憶　仍在遠方
如夜空熠熠的寒星
隱隱現現　閃爍着兒時的彩夢

於是　我凝視着
一些故事復活
一些記憶甦醒

涉

春或者秋
晴或者陰
岩上的流星雨
總是密密的落着
落着
落着

落着

守山的青翠走過
牧雲的風羣走過
繽紛走過
貧疾走過
戰爭走過
英雄走過
你走過
我走過
他走過
美人走過
歷史走過
時間走過
不朽走過
牧雲的風羣走過

守山的青翠走過

落着

落着

落着

總是密密的落着

岩上的流星雨

晴或者陰

春或者秋

山海經

而山依然是山

而海依然是海

千層虹彩的浪花

狂吼着
騰空而至
呼不來萬疊青山

而我矗立着　在山與海之間
右耳飲海　左眼啣山
海之濤　鳴響着千古的悲戚
山之貌　雕塑着萬世的不朽

百年后　我棲息着
在自己的碑影之下
　　　　山外有山
　　　　海外有海

而山依然是山
而海依然是海

淡瑩

原名劉寶珍
民國三十二年生
國立臺灣大學外文系畢業
美國威斯康辛大學碩士
曾任加州大學（UCSB）中文系講師
現任新加坡南洋大學兼任講師
出版詩集「千萬遍陽關」及「單人道」，並與王潤華合譯「大哉蓋世比」小說。

淡瑩作品

飲風的人

他是一隻被追逐於視線之外的黑鴉
再憤怒也啼不醒萬年青的綠意
乃挾兩翼寒流徘徊至水窮處
環視域外而域外依舊無一樹無一歌

那年
左肩剛披上秋色

右肩已落滿雪花及鄉愁
他被放逐到氷凍的地平線上
遠眺無前人，回首亦不見來者
積雪上只有他流浪的足印
延伸到母親雙眸的廻廊深處

那年
傳說他的踪跡被西風啣去遙遠的忘年河
傳說他的聲音跟積雪一道融解
易經上六十四卦沒有一卦足以燃燒起確實的預言
因爲他是一隻被摒棄於記憶之外的黑鴉
將盛滿團圓酒的高脚杯憤怒地啄碎後
便飛進黑夜一仰頬飲盡千里外的太息

楚 霸 王

他是黑夜中

陡然迸發起來的
一團天火
從江東熊熊焚燒到阿房宮
最後自火中提煉出
一個霸氣磅礴的
名字

錯就錯在那杯溫酒
沒有把鴻門燃成
一册楚國史
却讓隱形的蛟龍
啣着江山
遁入山間莽草
他手上捧着的
只是一雙致命的白璧

據說

有蛟龍必有雲雨

被圍三匝

大風忽起

鴻溝以西以東

都是雲都是雨

他被雷聲風聲雨聲

追趕至垓下

糧絕

兵盡

狂飈折斷纛旗

烏騅赫然咆哮

時不利兮可奈何

「田園將蕪胡不歸

千里從軍爲了誰」
是誰的歌聲
捲起滾滾黃沙
他辨不出
那方有太陽
那方有雨水

行至烏江
他的臉
如初秋之花
一片一片墜下
江上的粼光
是數不盡的鏡台

此岸
敵軍高擧千金萬邑的榜告

他那顆漆黑的頭顱
沒有比這時
更閃爍
更扎眼

彼岸
婦孺啼喚八千子弟的魂魄
縱使父老願再稱他一聲
西　楚　霸　王
他的容貌
已零落成黃昏

烏江悠悠
東渡
無船載得動昨日的霸氣
身後

天兵的旌旗捲起風跟雲

他把寶劍舞成數百道
人鬼隔絕的路
倏地張大嘴
一口咬住那股寒鋒
三十一歲的鮮血
直沖青天
終於跌入逆流

大江東去
他的頭顱跟肢體
價值千金萬邑
　及五個諸封
浪淘盡千古風流人物
他的血在烏江嗚咽

烏 騅

自從東渡
牠總以爲對岸的鼓聲
是一陣一陣春雷
頂多淋濕蒼白的雜毛

牠曾前蹄騰雲
　後蹄駕霧
馱着江東一股霸氣
創下楚國江山

「雖然力可拔山
　氣可蓋世
騅啊騅啊
天兵已宣讀我的末日」

風跟雲
在水面悠悠地漂流
船在水上
騅在船上
絕望坐在馬鞍上

當對岸的鼓聲
敲落整個江山
牠的長嘶
一直沉入深深的江底

註：據說項羽不忍殺他的愛騅，把牠賞給亭長。亭長跟烏騅渡過烏江後，在山上看見主人自刎，長嘶一聲，也跳江自殺。

漚　鳥

日出時
他化身爲漚鳥

泳於翎翮之間
白浪
被追逐成
千種姿勢
衆鳥翩躚
朝向他
如朝向一隻七彩鳳
昨夜的叮囑
原是一種預兆
一種隔世的咒語
應驗在轉瞬間
所以
當他抬起

眉眼　觸及漚鳥
牠們已幻作一陣長嘯
自濤聲中
隱入
雲霄

註：列子「黃帝篇」：「海上之人有好漚鳥者，每旦之海上，從漚鳥游；漚鳥之至者百數而不止。其父曰：『吾聞漚鳥皆從汝游，汝取來，吾玩之。』明日之海上，漚鳥舞而不下也」。

春

一

含苞時
她就喊着要顏色
豈知
空即色
樹梢上每一朵蕾

都是等着下凡郊遊的
春的跫音

二

從山麓到雲頂
從溪澗到幽谷
芒鞋
不知春在何處
而花早已
紅過
紫過

斷崖

一

午夜被浪濤喚醒

發現自己原是一片
斷崖
踏着飛揚的殘花
一步一步
走進下一次的醞釀中

二

任野草
在兩鬢蠻橫生長
蟲豸
蟄居在瞳孔裡
除了月光
我還有一掬
清露

三

綠苔固執地守着
這片崢嶸

四

一

曇花綻放的聲響
只有十五的圓月聽見
而星子
早就深深睡去了

黃郁銓作品

生命樹組曲

之一——給自己

行過早晨的一條街街
窄窄狹狹如我的雙肩
一個小孩蹲在地上
一顆石子　兩顆石子
在鏡面展佈自己黝暗的髮

竟發覺一小塊破碎的日光
一株小小的歡樂
單調與不單調的
顏色
以及童年的自我

行過早晨的一條街衖
一個小孩蹲在地上
一顆石子　兩顆石子
我細細擦拭石子碰撞出來的
我衰弱的幸福

之二——給 Flowers

自夜　織女遺棄天空
遺棄遠遠馬場的小鎮
一如你右脚踏出河岸

左脚踏過零時的鐘面
啊 一朵花就這樣自絕

可笑的無花果 變秋的風景
這片溫柔水域埋葬你多少英雄
空手的獵人
或者輕輕撕下一片殘存春天

生命如歌的奔流
就歌你的歌吧
你的脚印你的背脊你細長的頸項
只不過是一株單相思的檳榔樹

一九七〇年十二月三十日

貌

只有

微微薄衫的我們
疲憊的坐著
用思戀的目光
仰視
這半圓的
漣漪一般的命運
自我的內裡步出
在濕濕濡濡的石板
窺探一些虛掩的門扉
乃發覺
寂寞是
驚蟄後
蠢動的
不安。

終於在此
我們躺下
像一朵無親無戚
病鼠色的小草花

啊　乃想起
只有微微薄衫的我們
如何走向
遠遠地
遠遠地
沒有寂寞的
鄉親的
大地

一九七一年十一月十日

水響

1.

一株松
在心的底層
在遙遠遙　的地域
大風
　騰著黑暗的川流
除　拍岸
還有冷冷的星
我們唱著歌
拉著縴
溯川而上
望

一株芒刺的松
枝椏怒張
在我們黧黑的臉上

飲盡淚水
及 一條長長長的
鹽道

2.

傍著鄉雲
凝視自己被遺忘的
未完成的身軀
攔腰截成一瘦瘦的河
細細訴苦
細細說著母親的名字
——多麼熟稔的節奏

睡吧，在母親的懷抱
那兒，火紅的天
以及激越的野風
我看見無聲的樹
　無聲的花
那兒，我的母親睏著

傍著鄉雲
我是荒野唯一的河心

3.

（順著流水
迤邐而去
不語的是
昨日我傷殘的手勢）

在廣漠的草原
馳馬，躍奔
在祖先眠去的地方
我們期待黃金的收成

而我的母親哪
不見鳳凰

我們的收成
只是哭著的
一陣潤濕的風
飛焚
在我心中
焚成安然消逝的
一條河水

一九七二年十月

陳慧樺

本名陳鵬翔

民國三十一年生

國立臺灣師範大學英語系畢業

國立臺灣大學文學碩士

現仍在臺大外文研究所比較文學博士班攻讀，並任教於臺大及師大

著有詩集「多角城」、「雲想與山茶」及散論文集「板歌」、論文集「文學創作與「神思」

翻譯有「蒼蠅王」及「奧斯本戲劇選集」等

曾獲中華民國新詩學會五七年度「傑出詩人獎」

陳慧樺作品

囚犯日記

是一種不孕的古董擺在杏壇
接受許多星眼的照耀
我溯源而上　惟聲音
總吵不醒岸沿豎直的耳朵

風雨摧殘我軀
一株石榴樹

往往欲抖落甚麼戶籍呀的
却抖不去袖口的空虛
在這審判季　春天
麗日拍在曠野鴿翼上

只是一個垂頭的問號
我把剩餘價値交由蜜蜂
牆與牆圍住我
我讀書、睡覺、做夢
一位落了藉的參孫

我是千瘡百孔的高加索
偉大不會在瑩地萌牙
我的軀體是脫不盡的蒼白
在五指山鎮壓下
等待輝煌

意象

當紛擾被搾成冷飲
蹲伏在窗櫺成一盆景
污穢的嘈音從室內溢出
大街上滾著最時髦的反戰

所以我們起床後就得翻翻報紙
看看頭條新聞與花邊
免得末日來臨模不著棺槨
雖然我們仍舊吃喝、睡覺、逛街

世界鬆了骨架
與混沌前一般輕鬆運轉
除了莎髯的光額際
我們都將被塑成標本

標貼在渾圓的空寂的地面

我們仍在玷污空氣
搞乾癟的示威、政變與冷戰
然後把太陽裝進細管
很帥地一手把圓球推出軌道

再去超五千年現實
我們仍未超出老祖宗的夢魘
我們在搞一次又一次的遊戲
當紛擾被溶解成冷飲

一九六九年八月十四日

街景

冷漠從藍田從馬路從許多人臉上

昇起

我突然聽到深淵的叫喊
　聽到骨格的呼嘯
當我停在斑馬線上

窈窕在變形　在視際
眼珠凸出紅唇張成汪洋
荷荷的混沌前
紅甲蟲、大犀牛、獨角獸
揚眉吐氣直爬向廿一世紀的沙岸
我站在危險的孤島上

我是很文雅的一隻獸
當我穿過人羣
當我穿過嘎嘎的機械聲
牆又在胸內昇起啦

一九七〇年二月二十六日

祭十八歲

我投到憧憧的人影裡去沮喪
毒疸症的七月早把我擊倒
十八歲　訃聞高高貼在龍門上
我穿來梭去在找自己的牌位
一心想快快趕上赴陰府的班船
而盪過了忘川後我就永恒了
至少，至少不致眼陷顴高
臉有菜色　三月不知肉味
而且，而且人家都說都門風光好
大學城裡像座大觀園
君不見東家小二上學天天騎單車
背後載個如花的妞兒
君不見西家大姊濃粧又迷你
石榴裙下常拜倒多少哥兒？……

我瞇著眼睛高望城門的榜示
早忘了十二年的熬煉
十二年前當我懂得注音符號起
爸媽就日夜敦促我這誘導我那
拼了命都得擠上這一關　否則嘛……

朦朧中我看到那些名字都排成龍
不，不，是那些骷髏都成行了
他們趕在巍峩的城影裡
炮聲從脊背迸出火花
他們要走去奠天祭地
接受冥府同寅的拜會
然後把一切都遺忘……

突然我被一雙巨手抓住肩膀
一看是趕了三年會試的鄰里老張

「恭喜、恭喜兄長今年金榜題名。」
「那裡、那裡，那只是個三流的學店。」

他一晃背後就被蒼茫呑噬
四方魍魎都紛紛離去
龍門顫巍巍地昇起
我猛地感到頭昏眼花
雞啼後背起行囊我得返鄉啦
明年又是何方鬼魂在此穿梭待渡？

一九七〇年八月二十九日

夜的胸膛

夜的胸膛就這樣袒開
喃喃地　乳房熱門的旋律
咚查查　咚查查

夏夜鐘樓的鐘擺
聲音盪成禁內的叢林
獵人追捕牝鹿的姿態
雪崩前悶窒的危機

酒之泉從眼際綻開爲黑色的罌粟
血在脈管裏醞釀一場風暴
五月是最不安的季節
焚城前　騎士們照例豪飲
而掌聲在臺下爆成烟花
　　　　　爆成玉米
　　　　　　　慾望
　　　　　　　　私語

暗房裏探囊
夜在展覽某種豐收

而窗外
夜流成一條靜靜的河
流過都市死寂的脈絡
幾顆燦爛的星星
旋舞在波斯地巔上
而驟然間幕落燈明鼓息
童話世界急急馳去

一九七一年四月十九日

午後

——一個士兵的夢境

清癯的陽光縷縷
搾出柏油路的血跡
嚶嚶聲　蒼穹的夢魘
遠方　叢林　沼澤　戰爭
隆隆——　隆隆——

幾道無賴的哨聲
玫瑰滴的血……

幾千里後的國度
我們站在路邊等
未婚妻的驚喜 祖父的縐紋
艷陽一瀉千里黃葉地
南方果園
怔忡

一九七一年十一月二十三日

秋興

(一)

回首看
過去的蹭蹬眼淚已灑進時間的暮色中

像訣別的酥胸
緲緲茫茫把我壓成一個驚訝的夜色
現在只是許許多多白色的藍色的綠線
把我眼睛編成迷人的網罟
待欲跨出校園的門檻
把胸中的浪潮吹揉成一季秋水
我嗓音已嘶啞成一個破風箱

（二）

自歌自舞的琵琶手
從羅斯福路自折到落霞道
他忘了背後的田園、路上
機車聲撫成的海洋
然後對著蒼鬱鬱的枯黃近樹

把蟬聲和鳥嘈都趕入遠山
急急切切，鏗鏗鏘鏘
直把心彈成池上的月光

（三）

河岸灰灰濛濛
遠處燃成天花一色
我走著，想著歷史
廿世紀的憂心忡忡

像一個顛顛仆仆的醉漢
歷史總是一刀一刀砍下來
把夜色劃成兩半
把河流推成兩岸的呻吟

（四）

一隻繫在岸邊的小舟
河外蒼蒼茫茫，海鷗風帆
飛渡烟波後還有烟波
夢裏故園仍舊一片荒蕪

在岸上你眼睛被高樓刺殺
耳膜被歌聲車聲機械聲姦淫
土地都快龜裂了
你是一隻臥著的獸，等待雷聲雨聲燦爛

我們去瀟洒

我們去去去瀟洒
去中山北路瀟洒
我們的日子太乏味太沒色彩
我們要去喝一瓶一百元的啤酒

一個寒傖的無冕王
兩個不騎驢的書生
我們明明知道花不起一千大元
我們仍要去瀟洒去瀟洒

在黝黑的發霉味的一角坐下來
你摟一個南西
我抱一個貝貝
你擠她手臂一下
我捏她胳脖一把
我們說些不關痛癢的情話
在搖搖欲墜的藍空下我們很瀟洒

夜在窗外蕭蕭索索地走過
酒在血管中流成河
我們輕輕哼着「今天我不回家！」

今晚我不要回家
要睡在藍色的多惱河岸上樹蔭下
我們去去去瀟洒
脚踩在死屍一樣的中山北路上
我們仍喊着我們去去去瀟洒

公寓記事

似一隻躲在牆角的蟾蜍
以舌尖捕捉蚊子　忽忽地
在寬敞的公寓裏
紅色的大燈罩子下
她　一個高級機構的女職員
以筷子迅速地啄食桌上的菜肴
早晨隨着機車溜出去
晚上一踏入房裏就撚開燈

那盞陪伴她幾千個夜晚的紅燈
然後煮飯吃飯睡覺

她不知巷子裏曾有孩童的叫喚和狗吠
她不知夜色已在窗外磨肩逡巡
她不知飯後將發生甚麼大事

公寓裏寬敞敞的
陪伴她的是一個紅色大燈罩

六十三年十月六日

陳德恩

民國四十二年生
現肄業於國立臺灣師範大學國文系
作品散見於國內各詩刊及雜誌

陳德恩作品

門

跨一道門
世紀便拋在背後
新的道路
又已招手　於
眼前
記得走過

很久很久以前
曾是這路上的行人

當果實已墜落
當付出過多重量之後
遂驚悸
盡處
竟是來時所跨……

即　使

即使風化的石頭
仍會堅持著一種姿勢
一種仰向藍空
　傲向歷史的
姿勢

即使年年斑剝的碑石
依然會向風雨揚示著
一則故事，以及
一個曾經鏗鏘過的
名字

醒來

一覺醒來
遂訝異於嫋嫋青烟
自我眼前
嫋嫋昇起

才記得鏗鏘聲剛剛響起
乍回頭
烽火已熄

於是，我乃挺坐而起
朝四周望去
白布之外是花籃之外
是香果之外
是一片黑漆的木牌
我的名字，赫然
寫在那裏

媽媽的眼睛

時常，我都會想起
媽媽亮亮的眼睛
在夜裏，天空
閃著星星，閃著星星
的時候
時常，我也會焦急

因爲黑雲遮住了天空
使我看不到星星
也看不到媽媽
亮亮的，眼睛

所以，我是這麼希望
夜夜有星星
夜夜亮晶晶
然後，當我睡去
我才會覺得溫暖

碑　石

一個意志
在你舉步
昂首的時候
就早已橫在前頭

一塊碑石
曾經，你是這樣決心過的
在它的兩側
爆起一堆彩聲，和
響起一聲鑼
當你走過
當你走過
總必有風雪起自背後
把碑石逐漸地銷磨　於
不久以後

孤劍行

二十個里程
一杯濃酒
於乾盡日子的寂寥後
揹劍

舉足
出沒於雲和月外的
八千里路

掌上凸起厚厚的繭
峨眉山下
有一把劍便在那裏飛舞起來
甭說
四十年後
就有一張蒼老的臉
便會躲在指縫間
狂笑
很久很久以前的驕傲
足跡被埋於荒草
山林間

踩過雪白的月光無數
且抵掌乾笑
那道亮亮劍光
於指向墨色的天空後
拾取
那把吃過血的
劍
鞘

而棲著西風的古道
那匹瘦馬仍蹲成一種姿勢
風過後的彈指間
躍起的人影
便會把沙塵拋在遠遠的
馬蹄之外
千山之外

烽火后的景象

而馬嘶該是聲聲刺耳的
而天空也將扭曲成另一種顏色
且說在烽火之后
所有的雲都將深鎖著眉頭

而河流必是嗚咽地流著
而年年坐對的山
却反將事情當做
一部小說
只動一次手，輕輕地
翻過

而塵沙將掩埋最後一具屍骨
而抹去最後一滴血漬的

想必是那懸在天上的
兩隻瞳孔

武　士

從來
切腹影子日日盤旋
即使齒牙動搖
　雪滿青絲之后
出刀那天
冷冷鋒口即鑄下悲壯結局
堅持每一撇桀傲的名字
要閃亮於
不朽的簿上
斷刀以後

斷刀以後
每一寸土地
你踩過
都會有碑石自那裏隆起
隆起一如你生前
不屈的
模樣

七　弦

九月的山很冷
蒼松下
月亮的臉
被拉得長長
而鳥聲呢？
早也被踢到陽關以西了
雲在頂上

星在雲端
不折柳枝
脚，就像一粒磁石啦！
而那首曲子
琵琶便會把它彈得碎碎的
甭說三叠
隔一道門，或許
那邊的風沙
就很狂妄
囂張
拋昨天於背後
背囊內
馱著層層指示
乾了這一杯吧！

你說
要讓汗水
滙做一條小河
於荒漠中
緩緩地
流

日子總在輪盤上打轉
青青客舍上
楊柳又新起來了
一拈燈
四十年後
有位皤皤老者
會自泠泠的七弦上
彈坐　而
起

陳　黎

本名陳膺文

民國四十三年生

國立臺灣師範大學英語系肄業

著有詩集「廟前」（東林文學社）

作品散見各詩刊雜誌

陳黎作品

母之印象

屬於檸檬那一族的美感
你居然以爲伊發黃底軀體是
粗糙的表皮
而味道是苦澀的

幾枝葉鬚，即使藏過嫩綠的膚色
終究得褪落成秋天的姿勢

如同你束伊底長髮，爲竹帚
掃地伊底青春

一身翡翠滾不出壓迫的
懷抱。原汁酸酸的跟著擠出
而雨水，或者淚水冲得太少
你的知覺便止於眼睛鼻子
自然引不出潤喉後的
甘美

同樣地啜飲母乳，挽髻之前
伊是另一只檸檬底女兒
之後，伊遂爲夫君之妻子遂爲孺子之親母
遂爲一只，迫壓底

檸
檬

月蝕之后

爲了更美妙地偷看一場
超高級的脫衣舞
他們，通知電力公司
剪斷電線

黑幕後面醞釀著春光
瞳孔，就跟著層層剝開的肉白
亮起

一隻全裸的月

搔首，弄姿
慢吞吞地叫呼吸、呼吸、呼吸
抖成縹渺的

虛無

卜卜卜卜卜卜卜卜
門外
一輛突臨的摩托車
居然鹵莽地，用座燈
射殺風景

朝聖

舞臺與天空之間
晚報與午安之間
下班，星期幾，三明治快餐與
安眠藥之間
起點或者另一個起點之間
先出左脚或者右脚，眼珠向下
向上向前或者轉首之間
沒有選擇與意外之間

香客與扶輪社敬贈的杜鵑花
之間：
趕著跟女朋友做愛的一隻土狗
過街時
不慎遭快車道與輪胎
夾殺
（紅燈是狠狠擊出的犧牲
高飛球——
日落與血景之間）

最后的晚餐

父底臉被塑成一具圖騰。鐵窗外陽光極佳，像甚麼牌子的
地板臘把發黃底牙齒擦得更像一排上油的槍
突然

母親叫，母親大聲地
叫會客室門口爭論著高高的牆
上面刺刺的鐵絲網是否通著電，以及
那隻走鋼索的鳥是否痳痺的兩個弟弟
靜下來

玻璃後面父底容顏就眞的肅穆得如同博物館裡不會言語的古物。帶來的白斬鷄倒像
一堆剛出土的化石，供奉著

再幾分鐘呵警察先生你不要
不要嚷
讓伊，與伊底夫君
用嘴唇打完最後底幾句
旗語

父底身軀佝僂地依著背後斑駁的牆，兩頰塌下，再也救不起的坍方。便突然，用鼻

子，緊緊，緊緊壓著眼前底透明玻璃，彷彿那是一張滿沾汚垢底天空需要伊淚洪底
盪滌

看著一隻肥碩的
蒼蠅，從窗外
飛進玻璃上父與母底瞳孔
弟弟們說：伊兩人，居然
專注地相視著一框
螢
光
幕

背後是斑駁的牆：
明晨，明晨即將重新面壁呵面壁。高高高高的一面牆壁，或許頭上結著鐵絲網花，
或許兩隻脚跪著，或許兩隻眼闔著，或許兩隻手緊緊地貼著，貼著腐朽底歷史，像
有爪的爬蟲類，去推、去抓、去推、去抓、去抓、去抓、去抓。去抓向升起的一張

白白白白白白白白白白白白白底天空

旱道

We have lingered in the chambers of the sea
By sea-girls wreathed with seaweed red and brown
Till human voices wake us, and we drown
——T.S. Eliot

奮力掙開了一隻黏著白睫毛的眼睛
水色底天空，用一隻火紅的瞳孔去榨
去榨空汽水瓶裡底一滴水珠
泥土沒有樹枝沒有泡沫沒有槳沒有風沒有
都市的居民，在體育場，相互堆成一座座的山
的海，堆成空曠的
街
道

且以瀝青蒸發霧，或者
瘴癘

打巷子走過
幾隻跳出缸外的金魚
電線桿下，疊做一餐垃圾

（因一口清清的水井，我
　　　　躞躞蹀蹀）

下午紳士們穿著白襯衫不爲什麼，在路口
兩隻大發獸性的卡車俯身做愛
猛扭猛扭，終以蝴蝶結的優雅
靜靜地，死去

輪子們紡織著黑煙。一個長髮的女子或者男子

用寬寬的褲管同轟轟轟轟底車隊比賽喇叭
一張彩色報紙遮住伊臉上的
貧血

打巷子走過，我聽到年輕的女人吻了一聲便把
她肥胖的丈夫送上棺材形的一輛黑色底雪佛蘭
目標冷氣設備的地下賓館

百貨公司的玻璃窗被日頭瞪成一列
梵谷的油畫，裡頭一朶一朶人造的
向日葵。消防隊無所事事
火災也救不了自來水廠的缺水

走廊上熱褲女郎吞著冰淇淋解渴
小弟弟要屙尿找不到洗手間，他媽媽
罵他邋遢，便把褲子，弄潮

走出巷子，僅能摸一枚鎳幣
按下一盃自動販賣的桔子水

用火紅的瞳孔
去
昇起火柴盒昇起積木昇起摩天樓昇起粉刷石灰的
象牙塔
昇起呼吸昇起烤焦了的
眸子
一個，兩個
在廣場三個小孩用古銅色的皮膚給一隻趴地的
黃毛狗擦拭汗濕
隣著電腦公司，小廟裡濃粧的女人虔誠地叩頭
燒香哪，企圖昇起
青雲昇起一隻好跟人睡覺的
月亮

（因一口清清的水井

母親，給了我一隻陶碗）

水色的天空用半隻橙黃的瞳孔去榨空汽水瓶的

玻璃

抬頭，我的視線吹著牆壁上大大一幅可口可樂

的廣告：

凝結的海面新漆著一龕紅泳裝大奶子的模特兒

不拿瓶子的一隻手，撈著

浪花

（因一口清清的水井

我，蹀蹀

躞躞）

鐘敲六下

我的陶碗空空。我的腳彎下
跪姿莫奈，眼皮跟著
跟著十二分之一隻的橙黃底瞳孔
閉上
　　（家裡的椰子樹可都牽著手
　　跳舞，當水湄潮漲山脊上
　　因爛熟而爆破的一只椪柑
　　剛要回家，母親。）

呵，愈憤怒
也只是愈叫伊底紅顏
漂紅

悲哀的
伊發覺身上的刺，逐日
沒了

黑色的泥土上，伊的血軀
永恒地躺著：
旁邊，一粒種子
不知道生伊的
母親

家祭

1.

是的，曾曾祖父
一柱香底芬芳在於焚落成灰時
不斷地
提昇自己

2.

禮拜天

子孫們擠著在商業區用體臭薰死一隻熱狗
笑聲繽紛
領帶高雅地舞爪
張牙
（子孫們擠著）
子孫們擠著爆破幽默，如同
爆破一排排連發的砲彈

請坐
請坐
玫瑰種在洋酒瓶裡
青草舖在地毯
鹿鳴呦呦，混著豬叫牛叫炸做一盤
糖醋排骨
握手　咳嗽
握手　咳嗽

一口煙就把落地玻璃噴成虛無縹渺
是的，一幅山水
幷著三兩句偶然醞釀出的
噴嚏

3.

砲彈楞楞地在愚昧的號聲裡粉身碎骨
砲灰裝飾著尊嚴

透過一具喊話筒收聽鄉音
啊，戰士
透過一具望遠鏡，風景
在烽火中濃縮
瞳孔兀自框著黑白底戰利品
天空無雲

雲可是回家的飛機?!

4.

子孫們流血
子孫們流汗
子孫們在暖氣太暖的房間流汗
在看喜劇太喜悲劇太悲之後流淚
在無聊時流精

是的，曾曾祖父
一柱香儘可以燒來禮拜每一尊禮拜夜的
女神

5.

石灰斑駁著博物館的牆廊
筆灰斑駁著逃課的黑板

煙灰斑駁著先生的皁袍
紙灰斑駁著清明：
　　跌散殘章，跌散
　　密密的縫線……
骨灰斑駁著國殤，國殤斑駁著
天空

6.

無
雲
郊遊的天氣
小貓小狗兒都輕粧淡抹
鳥籠掛在汽車後座

子孫們趕著電線傳遞情歌，如風聲
嗖嗖地傳遞戰功
口香糖、三明治、可口可樂
是的，子孫們野餐新闢的名勝古蹟生活
別墅與廟宇爭著在稻田裡搭景
遠遠，一根煙囱
寂寂地升起黑霧

7.

山河健在兮
草木深深：
飛機轟轟的假天堂產卵
吃完了紅蛋，戰士們
都長壽了一歲

8.

血沿著槍身凝結成一柱香
彈花迸裂
彈花在不斷提昇後焚落成灰

童山

本名邱燮友

民國二十年生

國立臺灣師範大學國文研究所畢業

現任國立臺灣師範大學教授

著有「選學考」、「中國歷代故事詩」、「從唐三彩看唐詩世界」、「唐詩朗誦」等學術著作；合編有「散文結構」、「中國文化概論」等書，並參與註譯「新譯四書讀本」、「新譯古文觀止」、「新譯唐詩三百首」等書。

詩集有「童山詩集」

童山作品

都市的眩暈

昨夜留下歡樂的殘渣，
像殘雲，像落英，
一任寒風殘踏，比夢還冷。
穿過騎樓有尋食者的鞋履聲，
呵出的氣，凝結成珠，
滴滴敲響異鄉的夢境。

鐘塔傳來悠揚的鐘聲，
是九點吧，或是晌午時分，
候車亭裏仍有未歸的人。
在客棧裏盤桓，在路攤上談論，
都市是金脈，採鑛者
夢寐尋求的地靈。

西門町老像迎接二十世紀的狂熱，
使人迷失自己，在繁華的夜城。
不是春天，到處可嗅到花香，
奇幻的霓虹燈淹沒了人影。

可曾記得：家鄉臘月的社鼓、月色，
還有門前，新春如火的桃花林。

里　梅

澗底的百花淺笑依伴著綠水，

少年的情郎在森林裏等著你。
里梅哦，里梅，
原野的風吹得多麼狂多麼醉！
深谷裏野鳥唱起婉轉的清曲，
少年的情郎在森林裏等著你。
里梅哦，里梅，
傳來的山歌是多麼甜多麼脆！
天上的白雲默默在山頭相偎，
少年的情郎在森林裏等著你。
里梅哦，里梅，
今晚的月兒該多麼圓多麼美！

註：「里梅」是烏來山胞的土話，他們稱年青的姑娘爲里梅。

夏日來時

是誰？踐踏過淺草，
驚動青蛙徹夜地喧鬧。
花、成串成球地像煙火，
豐腴的夏，眞好！

草地上，有蓬蓬的吉他，
揮不走一頭蚊子，一頭夢幻；
假日，那羣赤膊的孩子，
學黑人嘶叫：「美麗的星期天。」

嘿，南風吹動着海潮，
這是青色的年代——
太陽永遠跟着我們走，
太陽永遠跟着我們走。

川端橋畔

長堤上，南風早到，
輕羅短衫，賽似河上的晚霞。
沉寂了整個寒冬的茶座，
露天下，又擁滿男女依偎著品茶。

誰都說：「今年的夏天來得早呀！」
橋上橋下，不盡是納涼的人嗎？
只見黑幢幢的人影散入暮色，
是人是水？流吧！橋上橋下。

猶記得橋的盡頭，七年前，
一片草莽吞噬著西下的夕陽，
哦，往日的草莽，今日的燈花。

在橋上竚立，我悵然良久，
孩子，回去吧！
月已低掛，爲何我還不回家？

坐鎮海門

——觀音山的玄思——

好美的觀音山，一尊仰臥的觀音，
她逶迤的秀髮直飄到海裏；
明麗的淡水，鮮明似帶，
橫過她的項際，是信徒奉獻的霞披。

龍宮貝殼廻響着往日的歌，
她思索，那首水族迎親的歡樂；
盈盈的河，潮來時，
像是冉冉而昇的蓮花座。

她想起：第一個駕着木舟的漁夫，
追逐着浪，為了躲避風雨。
他從海上來，帆已破，衣也濕漉，
在沙灘上狂奔，慶賀再次的著陸。

從此蘆岸升起炊煙，蓋起茅屋，
寧靜的街衢，石砌的小路，
隱約聽得小女子談論她們的丈夫，
飄起酒帘，風箱鼓鼓的打鐵鋪。

潮汐沖退倭奴、紅毛蕃的掠奪，
關渡巍巍有如守護的城垛。
夕陽走過屹然猶存的古堡牌樓，
青藤爬上寂寞已久的古炮銅駝。

如今，淡水的夜市，燈火像纓絡，

觀音山埋首濃霧中像一尊觀音。
河中傳來：「天黑黑，要落雨……」
她坐鎭海門，凝視往來的雲。

牧歌

那竹林後有一座荒坡，
夕陽走過，光華有如天國。
風已吹乾了那段哭泣的日子，
墳頭的草轉瞬就把悲哀掩沒。

斑剝的碑石，到底刻着些甚麼？
說他吃苦一生，還是一輩子顯赫。
災難卻像晴空那樣遼闊，
白雲也永遠同一個方向流着。

新竹枝詞

在民歌中，最動人、最出色的，要算山野情歌了。在這方面，唐人的竹枝詞，最具特色。竹枝詞本出於巴、渝之間的鄉土情歌，歌詞中，用「竹枝」、「女兒」作爲和聲，使音樂的節奏，更增加不少和諧與美感。唐人劉禹錫改訂建平（今四川省巫山縣）一帶的情歌，作竹枝詞九首。在這首「新竹枝詞」中，也仿照民間情歌的調子，用男女贈答的方式來道情，配以「合士合士合」的和聲，也能帶來一份清新的情韻吧！

一

「山桃花，紅灼灼，
鄰家出嫁你也哭。」合士合士合
「酸棗樹，葉多多，
晴天開花不結果。」合士合士合

「蕭蕭的相思樹結紅豆，
風來過，雨也來過。」合士合士合
「扁豆花開兩頭都結果，
你有空就到山下來看我。」合士合士合

二

「我趕牛到河裏去沐浴，
見了我爲甚麼還閃躲？」合士合士合
「你不怕鄰居的小姑嘴薄，
編造歌兒當故事來傳說。」合士合士合
「天外堆着些晚霞似火，
明兒天晴你要入山去放牧。」合士合士合
「記住我在橋上趕牛過河，
你把籃兒提來一道兒去採芒果。」合士合士合

今晚，我又踏月歸來

醫生說：「散步有益。」
今晚，我又踏月歸來。
高樓把整匹月光割裂，
擧杯邀月的情調不屬於現代。

昨兒做過的事，今兒重複地做，
單一的忙碌，彷彿機軸上的滾帶；
細數着疾馳的歲月
如同細數熟悉的街燈和車牌。

報上經常刊載各種公害，
街心的煙霧沖淡了月光的白；
於是泛泛的煙，淒迷地不是夢，
隆隆車過，猶如原始的毒龍。

到處隔著人牆，柵欄，
眞分不出人在欄裡或欄外；
像長頸鹿伸長頸子展望明天，
明天彷彿凹凸猜不透的浮雕。

遲歸的跫音，敲響紅磚地帶，
喁喁心語，喚不醒已逝的年代。
遽然我變成一隻掛空的鳥，
冷霧寒光，引照我緩步歸來。

翔翎

本名李慶琁
民國三十七年生
中國文化學院學士
中國文化學院西洋文學研究所碩士
現執教於國立中興大學外文系

翔翎作品

春訊

驚蟄過後
突然推窗
突然把耳張向天井：
風
張眼
蛇

張眼

小草

張眼
索索地不再寂寞
燕歸是春
花朝是春
偶而落雨是春
一個玩沙小孩的面頰是春
一天晚上
寒氣盡去
那棵柳在短牆邊迅速抽芽
把自己站成一個春

一九七一年三月

三十三號

他說他住在三十三號
無窗
無門
望眼盡是一片灰白

下雨了
他貼着耳朵聽——
筍尖抽芽的聲音
小草掙出土地的聲音
魚羣游動的聲音

有時
他且座且臥
逗逗兩隻壁虎

看一回兒遊俠傳
再數數帳頂落下的蚊子
他說他左眼可見日出
　右眼可見月昇
而三十三號
無窗
無門
他的右手邊掛一幅高山
　左手邊懸一幅驚濤
而他說：什麼山啊、海的
我壓根兒就沒去過
他床頭站着一隻鷹的標本
那天風正大着

他忽然把鷹扔出去
然後就側耳聽——
　翅膀撲動的聲音

一九七一年九月

行過一株枯樹

行過一株枯樹
月就圓了
雲也淡了
有人打山腰處走來
盤膝坐在樹下
聽去夏的蟬鳴
而月正圓
再行過那株枯樹
月就落了

有人在細數年輪
幾度巧遇十五？

驟雨過後
又逢十五
又有人行過那株枯樹
盤膝坐下
就這麼靜候一隻蟬的脫殼

一九七一年十一月三日

夜以外

霜降時
夜的耳朵聽見
麥穗偷偷地哭泣

好多種哭泣也被聽見
釘棺 貧窮 以及
戰爭 以及失落的童貞

下雪了
夜只聽得見
壓斷的樹枝的哭泣

然後是寂靜
駭人的寂靜

夜突然憤怒起來
說它只忙于搜集各種聲音
覆在雪裡
遺忘

一九七二年三月二十二日

渴

有一口井
在春來時招喚
一種雷雨的印象
一滴水的欲望

踩過井緣
風來過
雲來過
熏黃了一帶草
一帶林
一帶山

而地也在招喚
伸出千手

蛇行如老樹根

日落時
大漠頓時染成一片紅
或人的夢裡
有鷹飛過
有水在井中歡唱

一九七二年五月

沒有雪的冬天

那年
所有的落葉都
追蹤一種跫音
那人自高地走來
縮着脖子說：

好大的西北風
只有風
也是冬
夢裏只見一片白茫
葦花般的雪

而門前的那棵松
也只能在睡熟後
把自己漆成銀色

冬至一過
那人就站在窗前
直到看着月光掉在水裏
把一池水都結成冰

一九七三年九月

無題

有一天
那張臉
自斷垣外緩緩伸過來
你便嘆息
昔日原非輕若塵泥
而泥中的曾是香花
　　是盼盼的眸
你幾度回首
泥上的恒是一朵清新的百合
是昔日

又一天
落英繽紛

你忙着將誓言種在泥下
再不隨風飄去

一九七三年十月

雪

緩緩地落

他們說今天是小雪
小雪　是怎樣的雪
可會凍壞了麥子
　凍壞那雙不戴手套的手

雪落的地方
應是異國應是故鄉
那年
看蘆溝橋下的血
奔流恰似融雪
我們枕在石獅上

直盼下雪
（埋葬一些洗不去的紅）

島上的孩子
只能揣度　只能臆想
只能去合歡山
只能捐五百CC的血
給陌生人

給陌生人
一條河的血的人哪
可是眞見過雪

他們說今天是小雪
而我老如廉頗
既怕見血　又怕見雪

只能將日曆悄悄撕去
在出門時加副手套

一九七三年十一月二十二日

蟬聲

說不讓薔薇吐蕊
說不叫春光溜去
你的手 成四方牆
擋住南北西東的暑氣

（而你的耳中盡是蟬鳴）

一抬眼 又見立夏
你端坐如老僧
心比春夜的露珠
清涼一片

（而你耳中盡是蟬鳴）

長長的四月天
你在烈日下作詩：
見江濱的翠袖紅衫
昨日踏青
今日戲水

（而你耳中盡是蟬鳴）

四月之後就是端陽哪
鑼鼓頻敲只爲賽龍舟哪
說什麼春光永駐
蟬聲聒噪得更緊了
聲聲把人催促

你的耳葉就化作兩隻蟬
詩人
渡過此夏
你那透明的雙翼
可是來年的信物呢

一九七四年六月八日

傷

打一入秋
伊就倚在橋頭
唱歌
（堤邊柳、到秋天　葉亂飄）
橋頭的那棵柳
自從被雷公斬了腰

就說什麼也不再抽芽
伊就抗議
從這一秋等到那一秋
只爲看發芽的柳

伊就說什麼也不再紮辮子
自從那個下午
被人家打水裡撈起

有的晚上
伊騎在柳上
將一頭飛舞的長髮
垂向河邊
搖曳成秋天的柳

一九七四年十一月二十九日

翺翺

本名張振翺

民國三十二年生

國立政治大學西語系畢業

美國 Brigham Young 大學碩士

西雅圖華盛頓大學比較文學博士

現任教加州南加州大學

著有詩集「過渡」、「死亡的觸角」及「鳥叫」和散文集「第三季」、「當代美國詩的風貌」、「從木柵到西雅圖」。

亦以英文寫詩，曾先後獲美國「國家詩協會」詩獎及 John Larson 詩獎。

翱翱作品

貧腰娘子

一

阿憐在「萬國」
纖腰比風還細
大兵的掌中
阿憐是
一粒指縫漏出的

粗糙的再來米；

阿憐躺在金色手臂
阿憐沐浴在炮火煙花
年來，阿憐把自己
煮給家人吃，
給外國人吃；
阿憐的纖腰被旋律碾剁
阿憐的身體被親人被外國人
碾剁，碾剁，
阿憐是西貢河邊的斑竹，
軟滑，淚痕片片。

二

阿憐來到洛杉磯
（聞說紐約的路比長城還長）

阿憐的纖腰負擔不了
肚內沉重的饑餓，
阿憐的金髮情人
殘酷一如轟炸敵人的炮火：
「我在家鄉已有情人
你必得撤退，
必得犧牲……」

阿憐那晚在浴室再攬鏡自照
仍然是那顆
可憐而東方的再來米；
三年來那個大兵
在堤岸學拿筷子
吃得津津有味
而且還——
一添再添；

阿憐摩撫着腹間的皺紋，
想着怎樣從米變成蛋炒飯變成雜碎。

三

從聖地牙哥
到阿里桑那；
阿憐在列車裏哭喚：
我是東方最可憐的一碗飯
誰願意吃，
我就給誰；
那些吃厭了牛肉餅的
喜歡唐人街的
聽過蝴蝶夫人的
都希望放下刀叉
煎煎炒炒，煱煱蒸蒸

東方是最會吃的民族
當然也最會被吃。

四

阿憐現在心裏挺安慰
總會有一個人吃
我便餵他；
餵完還可以
餵飽西貢饑餓的親人。

一九七四年十一月稿於洛城

艷雀

深秋愛荷華河
的夕陽
緩緩把河水
翻動了；

河水不斷——
映照着
　　河邊
的一隻艷雀——

它雙目微闔
四肢僵硬
毛羽蓬鬆
它的尖啄直朝天空
好像要控訴夕陽，
或者楓葉——它
只不過是一隻秋暮的麻雀
躺在胭脂般的愛荷華河畔
染上了胭脂的艷意
每一根羽毛

還是纖毫畢現的
飽呈生意
好像要控訴夕陽，
或者秋葉——是什麼的一種
艷意的嘲弄？

於是——
雪就來了
然後就是冰霜
夕陽乏力地
間歇翻動冰河的
寒意；
冰河之下，
仍然是河水
不變的河水；
厚雪之下，

依然是那塊
河邊的草原，
草原的某處——
仍然應該有着
一隻艷雀——
躺着那兒
摟着秋暮濃濃的胭脂
睡着了。

河水是在
春雨的挑撥氾濫的
而且水仗雪意
　雪倚冰威
愛荷華河的夕陽
流瀉着胭脂般的艷意

摧毀了青青的河畔草

春天畢竟是霸道強權的
愛者時百花叢生
　千鳥鳴轉
厭者時草木衰黃
　鳥獸匿跡
一切畢竟會翻新
因爲土撥鼠來過
臘梅最後一度曾綻開過
草也曾青青
還有楊柳，
還有雨雪；

（詩人和小說家們
開始邀約商量

水退後
怎樣去野餐
還有草莓醬
還有蘋果汁
還有清晨以及中午的噴嚏）

戀人更急不及待的去踏青
踏着河水的夕陽
踏着夏意的溫馨
踏着……
踏着……躺着

還有沫浴太陽的
深山或者幽谷或者平原
仰臥，俯臥，默坐
都是極端令人害怕戰慄的——

因爲在胭脂紅的幻景裏
總有一隻艷麗的死雀
喜悅地浸沐於愛荷華
河畔的夕陽

於是宿鳥越急，
秋意日漸見濃了。

一九七四年八月定稿於洛杉磯

于先生要出遠門

于先生明朝要出遠門
心裏的十五隻吊桶
仍然不知道那隻在上
　　那隻在下；
于先生嘆一口氣

憐惜地給在床上睡得香甜
的太太蓋好被單。

于先生想：明朝
應該一早把郵箱修好
那個箱蓋總掉下來
而且近月的風刮得大
以後寫給愛妻的信札
總不能給吹掉。
而且，後門的門栓也得修好
雖然說這麼多年都沒亂子
總難保某些鷄鳴狗盜
來打擾沒有男人的空房。

于先生側頭看看太太
在床上睡得好香甜

眼角的淚痕仍有殘漬；
于先生想起書房那杯龍井茶
太太就瞪着它默了整個下午。

他終於搖醒了惺忪的太太
來，來，來，趕快收拾收拾
明朝咱們一塊出遠門。

一九七四年八月愛荷華

給夜鶯

之一

有兩隻手指：
中指及無名
頗爲參差
裸浴在，跳躍在

華盛頓湖
的指環內——
夜；就點燃起
兩枝長短的白蠟燭了。

之二

茶色的睡房
深黃的菊茶
妳的臉——
杯上的煙霧
娜娟的飄過來。

之三

當我倆
頗輕鬆地互訴——
昔日

及明日的戀情：
怎樣獲取
以及
怎樣像現在
那樣的
我倆
頗輕鬆地
互訴今日
彼此
已逝
的戀情。

之四

妳躺在亂葉
吱吱的笑——
我的亂髮，

就是雲。

之五

她輕輕地在低唱：
這隻夜鷹
已不是處女——
不要再等待。

一九七三年九月寫於愛我華城

蜉玉

「我早就說這是孽緣，不是姻緣
在那個急風夜的廟宇外
我便把日記一一唸給你聽
褪下黑裙後的夜
我哀哀的泣着望你快樂，你快樂……」

那個粗魯的漢子一點不解溫柔
走完百多棵榕樹也不懂帶她返家
他口裏一直喃喃說娶妻生子
就不懂得花一兩銀僱一頂轎。

「這就是我家傳的蟬玉
佩帶可以鎭驚，驅邪」
在酸楚中，那銀牙緊咬着一塊玉
死亡之後便是誕生
他這次回家便會提一對花燭
那個不解風情的男人
還喃喃在說要兒子，不要女兒。

「今年春早，後園的含笑掉了幾朶？
還有那些青梨？石榴？
……我便遵承了父母之命，媒灼之言」

那休書閃縮一如他懦弱的天性
在泣聲中她已風化成一塊石頭。

鳥叫

聞說，就有着那麼的狩獵季
他的聲音像水鳥般於沼澤被捕
他死了又死，就是孋愛雌鳥的呻吟。

他的聲音自九月摔落在六月
冷冷的掛在那一大片白樺林
像催魂般的鎮日呼喚着那小名
一次，又一次。

本來那天的叫聲是無法再夏天的
龍井茶那般涼沁的；
他們四隻手掌相握後，

都長滿了斑綠的苔痕。
那最後怨毒的一眼就叫他聲嘶了
黑沙灣夜，那背影宛如一尊石像。
再聽一次鳥鳴便是春暮
那時他便大談阿拉伯的鳳凰

第二次鳥叫：
那些手掌都繪成壁畫
還有那怨毒的眼睛便掛在屋簷
輕輕地呻吟。

鳥叫 No. $1\frac{1}{2}$

連笛子也不是樹葉捲的
他們的鳥叫
都帶着噲噲的鋼鐵聲

淒厲　短促
可是就挑逗了一整個秋深的沼澤
那一聲　一聲聲
若斷若續的呻吟
（在這常綠的湖濱
我詩一般的鳥叫着
你來　你來不來）

總有雄鳥雌鳥發了狂掉頭來找
死也要愛你　愛你
愛死你　愛死你
也不會顧到你在否交配着
也不知道你是誰　是什麼
總有雄鳥雌鳥一愛狂了就要毀滅
或者被毀滅　被毀滅
在一則可愛的陰謀

鳥叫着　鳥也叫着
雄吭的淒厲
陰柔的短促
來了愛了死了
一次一次又一次
他們彼此恭賀對方的視力
「我那隻飛得特別低
特別發狂。」

鳥叫 No. 2

不分四季
只要有人用手指
在這隻大鳥腹下
點燃一把火
於是就在狂喜的最高潮中

它一洩如注
廣島　越南　埃及
它斷斷續續四面亂擺
有時是左側面
（一種極端鳥性的姿態）
有時却深入深入
在後面苦苦不肯抽身

不分晝夜
只要一廂情願
這隻鳥就呱呱的亂叫
叫到初出茅蘆的小子春情勃發
他從森林裏拖着一根來福出來
這個痴心的同性戀者
千分之一秒裏大家草草了事

痙攣也不痙攣他就死在沼澤裏
而且還反常陽性地
把那根槍直插入柔軟而帶水份的泥裏
於是沼澤不斷呻吟着
鳥也叫着
嗆吭地。

窗

那棵樹
在窗的外邊
在我及我的窗的外邊
一閤眼
便越過窗楣
手指冷冷觸及一片葉

窗之外
應該還有山
山裏還有那孤獨的人

一睜眼
便掛滿風景
那棵樹爆炸似一團雲

我懷疑
是眼變成窗
還是那樹掛着一面窗

或者是
忘記了季節
我自那棵樹走了出來

樹是樹
窗仍是那窗
像一道不肯溶的冰河

這風景
仍極端固執
拒絕把樹移植到窗內。

家　書

我看見死亡爬上山頭來
倒下的影子蓋過鐵蒺藜
我聽見樹葉跌下的聲音
自青綠迅速燃燒成焦黃
我看見死亡爬上山頭來
勤奮播種般洒着黑色雨

我聽見身邊同袍的哀號
一聲接一聲的軟弱無力

我看見死亡爬上山頭來
迎面掩來像座倒塌的牆
我聽不見是那國的方言
便迅速地道了一聲寒暄

我看不見死亡爬上山頭
只擔心那封信尚未附郵
我聽不見神父唸的經文
却想起弟妹們還未致候

看不見死亡爬上了山頭
空氣却淡淡薄荷地清涼
聽不見排長往常的咀咒

一種無鮮花的愛與同情

註：「生活雜誌」報導：越南某一陣亡美兵，陣前寫家書時有道：我看見死亡爬上山頭來，就此擱筆。

致賀：人類征服月球

它便極端男性地豎立起來
燃燒在一簇奔騰的火燄下
仍然那末堅硬，冷酷無情
它表演了一場最無人道的造愛
持久，遙遠地深入
　即使那個沒有乳汁的月亮
是一個不懂得喊痛的處女
那無情的一插仍然令她
　深深地痙攣
雖然那乾涸的陰戶不能再濕潤一點
那第一次雄渾的拍擊

却令百萬的窺伯們陶醉

直到它不耐煩而有計劃地丢精了
那兩條蠕動的精蟲
四處無目的地亂鑽
最低限度在酸性的子宮裏
它們極有信心地活上幾十小時

沉默
仍然是那被姦的月亮
承受着整個汚辱的過程
最早時應該是被醉後的裸視
一張張模糊的春宮被人傳遞審視
然後是被初出茅蘆的愛撫
及盲目的俯衝亂撞

無言的疼痛及沒有快感的痙攣
做成一場新鮮卻缺乏技巧的性交
它像每一個魯莽的漢子
事畢，翻身睡去及起床
留下一大堆廢料。

藍　影

本名梁建廷

民國二十五年生

國立臺灣師範大學美術系畢業

曾獲五九、六十、六一學藝競賽新詩獎

著有「七面鳥」，卽將出版詩集「第五季」

藍影作品

堤岸之夜

聽說　越戰和談只是一束曇花之貌
城外　是血的噴泉在交流

今夜　乘快箭歸來
挨了七十六個季節之饑渴
吃的是滿目的瘡痍
讀的是烽煙的消息

看的是衆巷的西風　瘦馬
昏暗之燈火　花之臉　標示廉價的笑容
賞花的人已經趕提征衣而去
花語　何日君再來

縱是身在異鄉
你也不能封劍隱居
不幸　自已的名字被遺棄在沙場
明天　斷腸人已在另一個天之涯

聽啊　一次又一次超速死亡的快訊
築屍成山
滙血成河
如此　一幅山河圖

後記：一九七四年六月，去了越南一趟，回到這個癸達了十九年的戰亂之城，此刻，仍然烽煙漫天，長時期被困在熊熊砲火的圍繞中，人們是一副副驚弓與迷惘的臉孔，視覺滿眼映現着蒼涼的景象，臨近、而家園依然淪在十七緯度以北的河城裏……「堤岸之夜」並未能表白殆盡一個浪子心靈中的悲恚與愴悽的感喟。

中秋之夜

今夜 千人在抬頭 抬頭望明月
今夜 萬人在低頭 低頭思故鄉
今夜 明月在那裏？
今夜 故鄉在那裏？
今夜 我不想抬頭 抬頭要望明月
今夜 我不忍低頭 低頭要思故鄉
今夜 我在這一邊
今夜 家在那一邊
今夜 我畫裏的明月 半圓在此岸
今夜 我畫裏的明月 半圓在彼岸
今夜 妻兒在這頭
今夜 爹娘在那頭

今夜　望明月的人　很多　很多
今夜　思故鄉的人　很多　很多

悼

六月　果眞是花也濺淚的風景
最後的音訊是這一季橫響的鬱雷
人們猶在弔祭汨羅江的古老亡魂
星期一的早晨終於披上了一面黑紗
灰鐵鳥終於傳播出驚悸的聲帶
消息自閃亮的火花裏躍出

端午　乘雨的列車
走啊　朝回歸線上
那雨　穿雲而過　擊碎一片玻璃底微笑
　　遂穿雲而去　不再回眸
不再看一眼禁地的黃昏

側耳　足音是落花時節的長歌
　　而長歌以冰冷的哭泣告別

朝南　兩束銀髮恒視漫目底霧眼
朝北　青春伴接手金色的日子
朝東　感覺你的音容存在於定形之外
朝西　穿上綴滿星夢底花裙　朝向是最後泊岸的靈殿

速寫兩題

時光的印象

額角
漸漸
有了不流血的刀刻痕跡
鬢間
漸漸

添了北方早來的雪花
如此
走入風燭的日子

獅頭山即景

橫　直　左　右
千瞳在仰望
屹立成雄者之態
只是
不知獸中之王的首級
隱於何方

未　題

一霎眼
一種固定自域外入侵
仍未能肯首　在時間的批判之初

眼界　已昇起兩極燃燒之火
漸次又毀成死亡的灰燼
界裏　掩埋了謊言的圓寂
界外　是復古的混沌煙波氾濫

陰霾管制了朝向天堂之路
那人就變成了在十字路口徬徨的

一撮青雲

再回頭　已是百年之身
衆生欲化身爲崚立的塑像已成奢望
踩着不惑的石階　沿階而上
再也喚不醒背後昏睡的影子

遂想起了一片落葉的宿命
聽說 故園的風貌
就是去年秋天那一池剩餘的殘荷

深 沉

——夜聽二胡組曲後記

一回
二回
三回
四回
然後是
五臟
六腑
跟隨着
黑黑的
圓圓的

慢慢的
薄薄的
唱片在旋轉
胡聲
反覆着悲涼
彷彿
河之北在涕泣
江河水
聲聲
慢慢
漸漸
急急
滙流　串響
一闋　長長的
長恨歌
夜裏

曈窗亮起了
兩盞 遼望
故園的燈火
感覺
異鄉客
只是
一羣冬眠的蟲
臥盼
第五季
迤邐
海棠葉之上
嚼食
渴望的美餐

奕 棋

我欲躍馬渡關山

這裏
漢界
楚河
劃分 在
一塊方方的木板之上
非項羽的
非劉邦的
夜戰 在
瘦長的晝光燈照明之下
古代的
車
馬
砲
卒
開始緩緩行兵
開始急急進攻

然後　躍界
然後　渡河
前仆
後繼
在一陣陣碰擊之聲
　　砲響
　　車翻
　　馬仰
　　兵倒之後
圍困了敵方的大帥
結束　一局看不到淌血
　　　嗅不着烽煙的戰爭
棋枰之外的戰爭　依然
　　　　　轟轟　烈烈
　　　　　依然
　　　　　醞釀　鏗鏘

戰爭啊
魔術而成很多廢墟
魔術而成很多寡婦
魔術而成很多趙氏孤兒
每天　讀着很多戰爭的拷貝新聞
東方的戰爭很古典
西方的戰爭很新潮

戰爭只是擧棋而不落定的惡作劇
戰爭只有是爲了和平的荒誕解釋
棋枰之外　很多的戰爭　開拓了
很多的漢界
很多的楚河

夜歌

穿越滿階淋濕了的冷寂

數落這一季　賠了眼淚的花月佳期
撥不開　重重的　那片霧
霧　已凝結成故園之雲的投影
如此　踩碎了夏夜最後的一片晚愁
視覺　換映　滿目秋的相思林景

夜　被霓虹璀璨成多彩的臉
變調的歌者　血唇扭曲了愛情
把傷感嚷成災河

今夕　野渡　燈城之外
留下　七色燃火　染亮了慾望街的妖媚
歸途　感覺
背影啊　依然是那棵孤獨的流浪樹

黑蝶之死

清明時節已過　棲息於瞳裏的雨季已過
那人依然裹足於奠祭的日子
此刻　拋擲一片片黃紙箔於火燄中
投手　紙箔就飄搖成一隻隻在風裏飛舞之蝶
此刻　風也無語
　　蝶也無語
火也無語　人也無語
這一隅的空間是異色的禁地

投身火燄　蝶乃自火燄中再度翩起
蝶乃自火中求偶　然後
化幻成結褵的火鳳凰
然後　飛揚　以黑蝶之美姿　淩風殉情而去
那人的目光從灰燼裏尋覓遺失的昨日

童年的多角夢　沿自灰煙中隨蝶冉昇而越
起舞在風中　在火中、在冥想中

黑蝶之死　遺骸已堆砌成小座金香的花塚
那人蹲於墓旁　守望蝶之靈
等待　再讀一次從遠方飄來
天倫畫象的故事

今夜　又駐脚於跳躍的蓮火苗之畔　守候
攥住一朵騰空的死蝶之花魂
視覺就呷飲多元性饑渴的滿足

畫之語

座曆已經被掀成厚典的最後一章
沾着風

雲
樹
陽光
海
浪

塗抹於畫紙之上
流動的水色　漂染成一幅定形的無題
嘿　捕捉住的　赫然是那個叫人鎖眉的春天

缺角的太陽　一種疾痛的解說
多胞胎的雲之弟兄們
經歷風暴的洗刼之後　流散
浪跡　天南地北
（戰亂的人們之貌，不也是一張張飽食霜雪的臉？）
樹　也被風塵漬成一身滄桑

望眼　儘是沒有可愛的色調
是
不
快
樂的佈局
的
筆
觸

明天的自畫像　造形
是一個哨着幸福魚的浪人

鍾義明

民國三十七年生

國立臺灣師範大學美術系畢業

鍾義明作品

新自然景象

那蘋菓
走出園林，披以包裝
臉孔被磨得光光亮亮
出現在映著霓虹燈光的櫥窗裏

仰首藍天
藍天不復藍天
而是被大大小小

高高低低
行　行
排　排

參差上升的樓房所衝破的
一塊塗滿 Compose blue
的青色畫布

我們已慣於從一隻管子裏
去窺視都市
東京鐵塔
定義了一個東京
而，西門町和圓環
就 image 了我們所謂的大臺北

在 high way 馳騁
那些山山樹樹
樹樹山山的綠
已被象徵道路的交通標誌取代
我們僅能以飛奔的眼睛
去攝取新的風景

寺廟裏比丘和比丘尼的梵唱
曾幾何時
也透過麥克風
轟炸旅遊人的耳朶
幽居在峰巔山腹的木魚
早被患饕餮症的蛀蟲齧盡
電單車奪去了芒鞋
噴著黑煙撒佈菩提子

廿世紀扮演一位油漆匠
揮著沾滿人工色彩的刷子
對我們很古老以前常說的自然
進行化妝的工作

如果要在廿世紀拄著一根枴杖
尋覓山石林泉
去放鶴和煮石頭
那份雅興將被嘲弄
是一種過時的家家酒

活在現代
可樂和報紙
電視和雜誌
廣告和招牌
披頭四和瑪麗蓮夢露

這，就是我們的享受

六十四年二月十九日

忘　却

忘却，依舊是一串
無休止符的旋律
脚步辭不去樸樸風塵
當夕陽淒紅的一刹那，淚也決堤
自河那端

是幾度的夢回呵
月娘總笑得那麼貧血
酒痕乾了
衣上的酸楚却洗也洗不掉呢

走一步陌生的土地
寂寥馬上在脚後生根
想觸摸，不敢伸手的
驀回首，叫人心顫的痛苦
倏地撲上來了

六十三年三月二十九夜聆「茶花女」序曲有感。

手

翻開手
我踏上山川縱横的土地
一塊黄色的土地
那千條沸騰的河
容滙著三千多西西的血
在我體內滾動

從不曾如此想過
我的手竟然負荷著
橫在我以及祖先之間的一座橋樑
那麼長，那麼
久遠

而，此刻
我才知道，那隻
浸過油漆的手
對勃拉克（註）竟是如此的重要
和那隻剪下臍帶，推動
搖籃的手
一樣重要
在手的地圖上
我踏著祖先的

腳印
臨水自照
我忽然領悟
臉孔對我的意義

踏過生命的河流
踏過理智的河流
踏過感情的河流
那些洪纖畢具的
河流，還有
太陽丘也好
火星平原也好
我都得膜拜
祖先們披荆斫棘的
巨斧

註：勃拉克（Brague）是立體派的畫家，在立體派繪畫的地位，他和畢卡索（Picasso）一樣重要，他的父親是一位油漆匠。

小鎮秋夜

然後，他讀遍每一張臉的陌生
小鎮的霧就鹹濕起來啦
那曾是印象的深度記憶：
山薑花　長髮
白的香的白
的香的白
花
載著夕陽的長髮
飄著風的韻律的長
髮
和鞋印一樣
都被脚甩得遠遠啦

路燈仍注視
燕巢空空，蜘蛛在欄干作畫的
小閣樓
霧仍下降　下降
不帶一絲櫻桃嘻笑的甜意

風從西南來
挾著忠烈祠松林那邊的細雨
他拉了拉領口
脚踏車追逐著影子跑

一隻黑貓在長長巷子裏
古老紅磚房的屋脊上
弓著身，叫一聲針樣的
喵！
倏地，小鎭被氣球封鎖的沉悶　破

了

一九七三年九月二十七日

建醮之夜

於是，
這山城就被燈海燦成不夜
食客像烏魚
擁向黑潮之所至
七個不吃油葷的日子之後
山城的居民
便用五個醮壇
佈置一個大網
頭上光光的老公公說：
長這麼大還沒看過這麼大的醮
牙齒脫落的老婆婆說：

這可是百年難得一見
山城的居民都在抱怨著
黃昏前的霏霏雨
搶走了他們的太陽和客人
我却抱著表姊的小女兒
在軟軟的舅舅聲中
呼喚遙遠的影子

壬子冬後八日寫於竹山

賣唱者

迷霧自伊
玻璃球似的瞳仁升起
琴聲叮咚自伊底指間躍出
而　叫破多寒的沙啞
迸裂

自伊乾癟底唇緣

這籠霧的冬夜
水銀燈慘白了一雙手
千劍萬刀吻過
刻滿歲月疤痕的一雙
手

濕濕的柏油地上
破被單擁著二個瘦骨磷峋
捲縮得像畏寒的貓的小孩
伴著一只敲著銀元叮噹的
缺口的碗

一株八歲的水仙
兩滴淚水更清冷了

這本來就冷的夜
伊清徹的眼神
如同彈月琴的女人一樣迷惘
雨霏霏地降落
媽祖廟前的廣場
好大片的濃濃夜
正被賤價地脫售著

五十七年五月三十日夜街頭見盲女賣唱感而誌此

灰　月

夜就醉死，在
木曜日　子時三刻
燈花茫然，一如
整個守夜在屋脊那頭
弓背貓的眼球

聞說　春訊
從看花季那邊來
心牆上
釘著的——依舊是去冬
枯死的，那襲
褪色的斑爛蝶衣
就是這麼一個灰月——
欲圓未圓的
笑著那口古井
　　　冷冷地
可不管溺死在水底的童話

非仙非佛非聖非禪的
無詩無酒無花無女人的
上弦時分末稍
有夢魘來叩

總是好的

一九七三年二月十六日元宵前夕

蘇凌

本名蘇秀華

國立政治大學西語系學士，美國 Brigham Young 大學碩士

現任國立政治大學講師

著有詩集「明澈集」和「卜塵」

蘇凌作品

詩事集稿件

旅（詩五首）

閉下眼
打開心視的聽堂
掩住耳
掀起轟隆的音響
衣袍的

沙塵的
日光的
空谷
響起
抽鞭般
步履的回音

無數奔梭的馬蹄
無數吶喊的人羣
隨著
引領的蹄印
在目眩的光亮中
隨著
引領的人羣
在目眩的光亮中
隨著

峯迴路轉去
隨著
雲濤茫茫來

馬蹄的瀑布
如揮袖
皓雪飄降的寂靜
人羣的瀑布
如拂塵
清雲移行的寂靜
揮袖的皓雪
拂塵的清雲
上昇
下墜
上昇
下墜

啊　在那無盡的盡處
天空竟如此遼濶
而瀟藪如此深邃

如無盡
在盡處
天堂
光譜的赤鳶
燃燒的臘翅
硫磺的旗幟
烟薰的紙鳶
昭喚
龐大山影突傾覆而來
浩瀚的海濤突洶湧而來
睜開眼

關閉心視的廳堂
開啓耳
捻止轟隆的音響
四週的寂靜與黑暗
愈來愈寂靜的黑暗
形成幃
形成牆
形成 NO Exit 的保險箱

寂靜而黑暗
變奏著
揮袖的皓雪
變奏
拂塵的清雲
變奏
巔倒的飛翔

錯置的年代
思想的異域
客遠的家園

寂靜和黑暗
引領
無數躊躇的馬蹄
引領
無數暗啞的人羣
引領
峯迴路轉來
引領
雲濤茫茫去

（七四七機翼之側
顏彩的餐盤上

一枚褐色橄欖
頗具DDT之餘芬
隔座
飛往波士頓
再轉往費城的乘客
轉身
嘔吐）

（醒時
翩翩然的飛翔已把
滔滔然的水泉
牽引至天際
有人在空中釣魚
有人在海上懸日
有人微笑
在手拈一朵蓮花之際）

於一九七〇年春

偈語

因此，你便說
剛一抵岸
猶未卸下行李
就記起在忘川上
遺落了的讖言
未啓程前
似曾有個慧眼人
坐在門檻上
垂首觀心
似笑非笑地：
「上路時，可莫忘了帶那偈語。」
催命
惚惚惶惶

我便來到此地
忘了借問
長安此去幾哩
玉關呢
還有那片擣衣聲
月下
隨風起
聞遍楚楚的水岸
捎著一盞燈籠過市
一路上
恍恍惚惚地感覺
手是正被焚燃著
這盞燈籠
曖曖內含光
而燈芯，這般繞指柔

連著我心
繫著我心
一點一滴
焚去我蒼白的臉色

恍恍惚惚
在燈盞裡
或在燈盞外
竟是一片日光的穹頂
冰結的嚴窟麼
隱約我聽到有人擊琴低吟
阿比西尼亞的鄉愁
亞伯拉山之歌
而那飛髮狂飈的痴迷者
仍在空中建造殿宇
仍以其飛髮環廻三匝。㈠

隱約我聽到
大海的吞噬聲
聽到白色的憤怒中
有人執拗地吶喊著
聽到一具棺木的沉默
載著海的揶揄
由高經飄向低緯。㈡
隱約天空低了下來
將一對翅懸昇上去
而那吹熄了夜禱燭火的逃逸者
正幌動著臘翅
絕端地、愈飛愈高。㈢

捎著一盞燈籠過市
燈影中、彷彿可見
我的髮、映照如皓雪。

啊，戒愼，戒愼
因我已知悉
如何臘翅被烈焰所焚
如何捕鯨人在海上兜圈
捉捕自己
如何造殿者建造著
冰雪溶解的幻失
日光黯沉的幻失

捎著一盞燈籠過市
怔怔忡忡
怯於尋問
今夕何夕
客鄉何鄉
千年前的飄雪溶否
千年前的寒梅

着了花未？
而這盞燈，這盞燈
連著我手
繫著我心
確是一點一滴
焚去我蒼白的臉色了

這般踉蹌過了市
城砦，在肩後
已成幽睕
一點微光、如鮫人
漆黑中，遠近地輕喚

許是水響
閟寂裏
霍霍的水聲
不知名的水

無迄始的來去
無迄始地低吟：
戒愼啊，戒愼
因臘翅已被烈焰所焚
因捕鯨人在海上捉捕自己
因造殿者建造著
冰雪溶解的幻失
日光黯沉的幻失，
波光上
彷彿我看見
人影閃動
正欲辨明
竟是那慧眼人
垂首觀心
似笑非笑地：
『我早知你定會
拾回這偈語的。』

註一：引自 "Kubla Khan", Samuel Taylor Coleridge.
註二：隱指 *Moby Dick*, Herman Melville.
註三：隱指 Stephen Dedalus, *A Portrait of the Artist As A Young Man*. James Joyce 中之藝術家。

普羅佛

當雪的降臨
降臨爲基督潔白的血
在回溯著大災難的清晨
欣然將你彫刻爲他骸骨上的預兆
普羅佛　我是那種眺望
巡廻於你城般鎭般精緻的款式
流覽過你銅般鋼般森嚴的浮彫
震驚於你的潔白
如此莊嚴地將
成串珠砂
撒於我遊行的目光

普羅佛
如今天空已變幻爲遠古的追思
遠古的天空已眞實如此刻的蒼茫
普羅佛　你開始在雪的美學中
品味砥礪的涵義
在雪的隱喩裏
掀讀篤信的章節：
「旣然我已飛逝必再回臨
礫刑的珠砂浸透大地」
變幻的眞實中
回溯的蒼茫中
雪光將一切輪廓淡化爲透明的靜止
你無言的噓吸正從靜止中悠悠穿過

普羅佛
在安息日我的眺望循着你遼廣的潔白望向

淹滅了空間方位的蒼茫
雪空中飄滿基督稜錐形的珠砂
雪地上佈滿基督橢圓形的目光
珠砂與目光
透過時間
朝向飄渺
——飛逝或回臨　普羅佛
你該知悉何以我要緊緊地抓住
窗

造物者

那個鐘
不知已停了多久

世界闃寂
我空白的形象

在地面投下空白的影子
繞著自己
我旋轉
一次

鐘聲嘀嗒
人羣
在數不盡的屋簷下低語
影子
在數不盡的肩後恍動
鐘聲嘀嗒
我聽見許多人聲
在恍動的影叢中
爲我

塑造形象

無限

如此地愉悅於無限呵
波濤起處
我隨著伸舒
枯榮的草木
永不會發現
石子　在日光下曝曬
能知靈敏的愉悅嗎
在我
亦不在我
生的無限
生後之生的無限
可測度的無限

隨著
可測度的喜悅
無可測度的無限
隨著
無可測度的喜悅

伸舒去處
波濤恁自浮沉
枯榮的草木
竟無以言我的欣喜
石子　在日光下曝曬
能知這單純的許多嗎?

完美的假設

在寧靜的空間
我輕觸一片片

鑲在試版上的葉子
猶如猶太族中的 rabbi
中古的生物學家
我手中的圓鏡，閒散地
放大且顯現
諸多葉子的輪廓
伸展勻緻的脈路
齊整，榷商之後
蜂房般的組合。

如一了悟的闡述人
不惑的壁觀者
我次復一次賞玩
目之所見。
一羣微細的生物
在葉片上，煞有介事地經營

諸多結構
各顯生態
呑蝕輪廓
扭曲勻緻的脈路
拆析齊整的蜂房
且煞有介事地經營
諸多結構。

是一種奇怪而必然的關聯
在葉片與葉片之間
諸多結構之間
一羣微細的生物
作着如何生的行動
想着如何死的臆想。

宇宙的風必得漠漠地吹拂麼？

星羣，必得恁自移轉麼？

猶如一個憂愁的負棘者
我赤足冠荊而行
凡有門
便被敲響
凡有耳
便被告訴
一個假設
異於一般所熟諗的
僅有一而無一的對比
完美，存乎星羣之中
駕乎星羣之上。
一個假設：
單純而智慧的生物
單純地信仰

伸展匀緻的脈路
齊整，榷商之後
蜂房般的組合
智慧地經營
一個
結構。

猶如錚然芒鞋人
由壁上走來
我已憂愁的
仍將被憂愁
我已說過的
仍將被說
一個假設
單純而智慧的生物
敦睦而不存私心

互助而不互斥
智慧地經營
一個
結構。

達陀　達阿陀
這鑲着葉片的圓
是可能的假設
完美的假設
這鑲着葉片的圓
是可能的假設
完美的假設
達陀　達阿陀

滄海叢刊已刊行書目

書名	作者	類別
還鄉夢的幻滅	賴景瑚	散文
葫蘆・再見	鄭明娳	散文
音樂人生	黃友棣	音樂
音樂與我	趙琴	音樂
爐邊閒話	李抱忱	音樂
陶淵明評論	李辰冬	文學
文學新論	李辰冬	文學
離騷九歌九章淺釋	繆天華	文學
孔學漫談	余家菊	文學
中庸誠的哲學	吳怡	哲學
哲學演講錄	吳怡	哲學
文化與教育	錢穆	教育文化
不疑不懼	王洪鈞	教育文化
杜甫作品繫年	李辰冬	文學
累廬聲氣集	姜超嶽	實用文
浮士德研究	李辰冬	文學
大地之歌	大地詩社	文學
苕華詞與人間詞話述評	王宗樂	文學
寧道不行	王洪鈞	教育文化
希臘哲學趣談	鄔昆如	哲學